集英社オレンジ文庫

# おやつカフェでひとやすみ

## しあわせの座敷わらし

瀬王みかる

本書は書き下ろしです。

おやつカフェでひとやすみ　しあわせの座敷わらし



contents

イラスト／しのとうこ

# 新田帆南の決断

fruit pancake

ここは、湘南《しょうなん》。

江《え》ノ電《でん》の中でも特に小さな無人駅『幸福《こうふく》ケ森《もり》駅』から、歩くこと約十分。

なだらかな坂を登ったところに、そのカフェはあった。

外観は古びた、築百年近いと思われる古民家だ。

樹齢《じゅれい》百年近くの、大きな桜の木が生えている庭つき一戸建て。

黒光りする木造建築は長い年月を経て、あちこちガタはきているらしく、そこかしこに手を入れた形跡が見られる。

店主が自己流に行ったらしい、看板のペンキ塗りは多少ムラはあるものの、それが妙に味のある雰囲気《ふんいき》を醸《かも》し出していた。

そのカフェの名は、『たまゆら』。

座敷席、テーブル席、テラス席と合わせて席数はおよそ、二十ほど。

営業時間は朝九時から夜の七時まで。

ランチは日替わりで一メニューのみ。

スイーツも日によってケーキだったり、和菓子だったりと、その日によって品揃《しなぞろ》えが異なる。

どれも白砂糖やカロリーを控えた、健康的なスイーツなので、女性客に好評だ。

一見、最近流行《はや》りの古民家カフェに見えるが、その実、この『たまゆら』は少しだけ他のカフェと違うところがあった。

新田帆南《にったほなみ》は、前々からそのカフェのことが気になっていた。

駅近くの保育園で働く彼女は、自宅と職場を往復する日々なのだが、その道すがら、少し高台に、その古民家が鬱蒼《うっそう》とした木立に隠れるようにして存在しているのを毎日のように眺めていたのだ。

お茶とケーキのセットで、約千円。

薄給《はっきゅう》の彼女にとって、それはけっこうな贅沢《ぜいたく》になる。

だが、今日こそはあのカフェに行ってみよう。

そんな決意を胸に、帆南はいつもと違う道へ入り、緩《ゆる》やかな坂を登った。

途中腕時計を見ると、時刻は二時半。

三時のお茶にちょうどいい頃合いだ。

近くで見ると、思っていたよりも奥行きが広く、こぢんまりとした庭にはいくつかのテラス席もある。

庭には桜の大木があるから、春には花見ができてさぞ綺麗《きれい》なことだろう。

駅から竹林を抜けた先にある、まるで隠れ家のような風情《ふぜい》も素敵だった。

恐る恐る扉を開き、中へ入ってみると、店内は昔の家屋にある土間をそのまま利用した椅子《いす》席と、住居部分の畳《たたみ》敷きの居間を利用した座敷席に分かれている。

「わぁ……」

滅多《めった》にカフェなど入った経験のない帆南は、感激で思わず小さな吐息を漏《も》らしてしまう。

「いらっしゃいませ」

物慣れない帆南が入り口で立ち尽くしていると、カウンターにいた店主らしき男性が笑顔で出迎えてくれた。

年の頃は、二十七、八歳くらいだろうか。

噂《うわさ》で聞いていた通り、モデルかなにかと錯覚《さっかく》するほどのかなりの美青年だ。

白シャツに黒の前掛けをしめたギャルソンスタイルが、またよく似合っている。

色素が薄く、品の良い細面《ほそおもて》の美貌《びぼう》は、まるで少女漫画に登場する王子様のようだ。

「あ、あの……一人なんですけど」

イケメンにもお洒落《しゃれ》カフェにも縁のない帆南が、おたおたしていると。

店主とお揃いの前掛けを締め、コックコートを身につけた青年がトレイを手にやってきた。

こちらは二十二、三歳くらいの、かなりの長身で大柄、そして精悍《せいかん》な風貌《ふうぼう》だ。

こちらも美形ではあるが、まるでタイプが違うので、この二人は本当に兄弟なのだろうかとひそかに考える。

店主とパティシェを務めるのが、長男と次男、そして午後になると小学校から帰宅し、店にやってくる七、八歳くらいの三男がいるらしい。

店のスイーツは、すべて無骨な印象の次男が作っているとの話で、見かけによらずその繊細《せんさい》な指先で作り出されるスイーツはどれも絶品との噂だ。

普段から、店は長男と次男の二人で切り盛りしているようだ。

このカフェがひそかに有名なのには、ある理由がある。

この美形三兄弟が拝めるというだけでも、充分女性達の話題になりそうなのだが。

そこで帆南は、ずっと気になっていた座敷席奥をじっと観察する。

そこにはなぜか小さな祭壇《さいだん》のような場所があり、子どもが喜びそうなお菓子や人形がたくさん供えられていた。

――もし座敷わらしに会えたら、本当にいいことがあるのかな？

帆南は、同僚の保育士から聞かされた噂話を思い出す。

そう、このカフェには、『座敷わらし』が住んでいるという。

東北の民話などに登場する、家を守ると言われている精霊だ。

座敷わらしが滞在する間はその家は栄えるが、出て行ってしまうとその家は没落するという。

東北の古民家に住み着くという精霊？　妖怪？　が、いったいなぜ湘南にいるのだろう？

まずそれが疑問だったが、得意げにその噂話を披露してくれた同僚は、そんなことは気にならないらしい。

彼女自身は残念ながら会えなかったらしいが、実際に目撃した人の話によると、四、五歳くらいの赤い絣《かすり》の着物を着た少女の姿をしているという。

その姿を見た者には、小さな幸運が訪れるともっぱらの噂らしいのだ。

中には荷物に悪戯《いたずら》をされたり、誰もいないところで物音が聞こえたりもするという。

ネットや口コミでひそかにその噂は広がっているようで、店内は平日の午後だというのに若い女性客達で八割ほど埋まっていた。

とはいえ、多くの人がそれを目当てに訪れても、目撃談は極めて少ないので、恐らくは宝くじに当たるような確率なのだろう。

その噂話を聞かされた時、帆南はさして運がよくない自分が行っても、まず会えない自信があった。

だが今は、たとえ奇跡のような確率でも一縷《いちる》の望みを託したくて、ここを訪れている。

そう、帆南は齢《よわい》二十二歳にして、今まさに人生の岐路《きろ》に立たされていたのだ。


帆南は六歳の頃から、両親の温もりを知らずに育った。

正確には、四歳の頃に父親の浮気が原因で両親が離婚し、帆南は母に連れられ、この湘南にある母の実家へと引き取られた。

祖父母は初孫の帆南をとても可愛《かわい》がってくれたので、父親がいなくてもさほど自分を不幸だとは感じなかった。

「まったく、貧乏くじ引いちゃったわ。ろくな稼《かせ》ぎもないくせに、女遊びだけは一人前なんだから」

母はことあるごとに、父を口汚く罵《ののし》った。

「やっぱり男は金よ。金持ちと結婚すれば、なにかあっても慰謝料がっぽり取れるしね。帆南、あんたも少しでもお金を持ってる男を捕まえるのよ」

まだ幼稚園の娘にそんな話ばかり子守歌代わりに聞かせていた母は、やがて勤めていた会社で知り合った、実業家の男性と付き合い始めた。

本当に、今度はお金持ちの人を見つけてきたんだなぁ、と帆南は子ども心に母のバイタリティに舌を巻いたものだ。

やがて男性が仕事の関係でオーストラリアに移住することになり、母は再婚して彼についていくと祖父母に宣言。

だが、一つ問題があった。

男性は帆南を引き取ることに難色を示し、子どもを連れてこないことを結婚の条件としたのだ。

「そういうわけだから、帆南はお祖父《じい》ちゃん達とここで暮らしてね」

養育費は月々振り込むから、と母はあっさり言った。

帆南が六歳の時のことだ。

その時、ああ、母は長年の夢だったお金持ちの男性と再婚するために、自分を捨てるのだと察した。

あまりに母があっけらかんとしていたせいか、不思議と涙は出なかった。

だが、そんな母の無責任ぶりに激怒したのは祖父だった。

二人は大喧嘩《おおげんか》をし、帆南を置いていくなら勘当《かんどう》だというところまで話はこじれ、母はそのまま家を出ていってしまった。

「あんな薄情なのは、娘とも思わん！」

祖父の怒りは深く、たとえ戻ってきても二度とこの家の敷居は跨《また》がせないと息巻いた。

以来、十六年、母からはなんの音沙汰《おとさた》もなく、依然絶縁状態だ。

父の方も、浮気相手の女性と再婚し、子どもも産まれたと風の噂で聞いた。

父にも母にも、自分は必要ではなかった。

その思いが、帆南を引っ込み思案にさせ、なにに対しても自信が持てない性格にしたのかもしれない。

だが、両親の愛情を受けられなかった分だけ、祖父母は帆南を大切に育ててくれた。

何度か振り込まれた、母からの養育費も祖父が突き返したので、年金だけでの暮らしは楽ではなかったが、帆南はしあわせだった。

大きくなったら、祖父母に恩返しがしたい、常にそう思って生きてきた。

祖父母の家は築八十年近い古民家で、祖父の父、つまり帆南からすると曾祖父の代に建てたものだという。

平屋建てにブロック塀《べい》で囲まれた庭があり、大きな柿の木がある。

秋になると渋柿がたくさん実るので、祖母と皮を剝《む》いて縁側に吊るし、干し柿にするのが毎年の習慣だ。

決して贅沢《ぜいたく》はできないけれど、そんなささやかなしあわせで帆南は満ち足りていた。

子どもの頃から内気で、誰にも言えないひそかな楽しみは、ノートに思いついた空想の物語を書くこと。

友達は少なく、クラスでも常に目立たない子どもだった。

やがて地元の高校を卒業した帆南は、将来手に職をつけた方がいいと考え、保育士の専門学校へ進学する道を選んだ。

学費は祖父母が出してくれたものと、自分も必死でバイトをしてなんとか賄《まかな》うことができた。

小さい頃から子どもが大好きで、専門学校を卒業し、運よく地元の保育園に就職は決まったが、保育士の仕事は帆南の想像を超えて過酷《かこく》だった。

給料も決して高くはないし、子どもの安全にも気を配らねばならないだけに、精神的な重圧と力仕事が多い重労働だ。

それでも通勤先は近いし、雇ってもらえるだけありがたいと思って真面目《まじめ》に働いた。

帆南が給料のほとんどを家に入れるようになって、家計はかなり楽になり、祖父母達にたまに温泉旅行をプレゼントしたりできるようになった。

ところが、そんな平穏だった日常も、ある日突然打ち砕《くだ》かれることになる。

去年、今まで滅多に実家に寄りつかなかった叔父《おじ》が急にやってきたのだが、それが不幸の始まりだった。

母より二つ年下の叔父は、若い頃から何度か飲食店を開き、失敗しては閉店させるのを繰り返している、自称実業家だった。

「今度こそ、うまくいくんだ。今、どうしても三百万必要なんだよ」

祖父母に土下座《どげざ》し、そう泣きついてきた叔父は、絶好の立地が売りに出ていて、その土地を押さえるために早急に金が必要なのだと訴えた。

だが、過去何度か叔父の借金を肩代わりしてきた祖父母に、もう預貯金はほとんどない。

すると叔父は、今回は合同出資者が何人かいて、すぐ返せるアテがあるからと、実家の土地を抵当に入れての借金を提案してきたのだ。

母と絶縁状態の今、頼れる身内は叔父しかいない、そんな気持ちがあったのか、祖父は迷った末、結局実家を抵当に銀行から三百万借りて叔父に渡した。

だが、涙ながらに必ず返すからと誓った叔父は、早々に合同出資者とトラブルを起こし、三百万と共に忽然《こつぜん》と姿を消してしまったのだ。

警察に捜索願を出したが、依然その行方《ゆくえ》は掴《つか》めていない。

借金は祖父の名義になっているので、当然返済は祖父が支払わねばならない。

毎月の返済額は、細々とした年金暮らしの家計に重くのしかかり、帆南の家は日に日に困窮《こんきゅう》していった。

帆南の給料すべてつぎ込んでもまだ足りず、ついにローンの支払いが滞《とどこお》るようになった。

たった二、三度の支払いの遅れだったが、銀行の対応は冷淡だった。

残金を一括返済できなければ、自宅から出て行ってもらうと最終通告されてしまったのだ。

地価で言えば二千万近くにはなるはずなのに、たった三百万が返せないばかりに家を取り上げられてしまうのだ。

こうなったのもすべて自分の子育てが悪かったのだと、自らを責める祖母。

祖父は数少ない親戚《しんせき》筋に頭を下げて回ったが、金を貸してくれる者はいなかった。

このままでは、祖父達の大切な家が取り上げられてしまう。

思いあまった帆南は、オーストラリアの母に連絡しようとしたが、祖父は頑《かたく》なにそれを許さなかった。

勘当した娘に金を無心するなど、プライドの高い祖父にはとてもできなかったのだろう。その気持ちがわかるだけに、帆南もそれ以上なにも言えなかった。

同時に、連絡したとしても母はなにもしてくれないかもしれないという思いもあり、それが現実になって傷つくのが怖かったせいもある。

自分にもっと収入や力があったら、祖父母を助けることができたのに。

己の無力さに、帆南は人知れず涙を流すことしかできなかった。

万策尽き果てた祖父は、地元の有力者であり、囲碁《いご》仲間である権藤《ごんどう》に相談した。

「そりゃ難儀《なんぎ》なことでしたな。なんとか手を貸してやりたいのは山々だが、うちも最近厳しくてねぇ」

居間に反っくり返った権藤は、なにがおかしいのかでっぷりと太った身体《からだ》を揺らしながら笑い、お茶を出した帆南をちらりと見る。

「そうそう、わしもそろそろ後添《のちぞ》えをもらおうと思いましてな。独り身だとなにかと不自由ですから。例えば……の話だが、結納金《ゆいのうきん》としてなら、三百万お貸しすることはできなくもないんだがねぇ」

いかにも値踏みするような好色な視線で全身を舐《な》め回され、帆南はぞっとする。

その日はそれで帰っていったが、祖父は「五十過ぎて三度も離婚しているのに、二十歳《はたち》そこそこの娘をもらおうなんざ図々《ずうずう》しいにもほどがある」と怒り心頭だった。

権藤の家は代々この辺りでは有名な資産家で、父親が代議士も経験したことのある地元の名士である。

権藤自身は、父の遺《のこ》した不動産会社を受け継ぎ、裕福ではあるがかなりの吝嗇家《りんしょくか》だ。資産があるので、結婚相手はすぐ見つかるのだが、権藤が会社でも家でも働き通しにこき使うので、いつも嫁に逃げられているともっぱらの噂《うわさ》だった。

妻は無料のハウスキーパーだと豪語するような男のところに、帆南はやれない。

祖父はそう息巻いたが、さりとて他に手はない。

悩み抜いた末に、帆南はありったけの勇気を振り絞《しぼ》り、単身権藤の許《もと》に出向いた。

そして、祖父に三百万貸してください、と頭を下げる。

「それは、わしのところに嫁に来る覚悟があるということか?」

そう念押しされ、帆南は震えながら頷《うなず》いた。

「そうかそうか、まぁ、それならわしに感謝してよく尽くすんだぞ」

「……はい。不束者《ふつつかもの》ですが、よろしくお願いします」

祖父母の大切な家を守るために、自分にできることはこれしかないのだ、と必死で言い聞かせながら、帆南は深々と頭を下げた。

平素は引っ込み次案で大人しい帆南の突然の暴挙を知り、祖父母は考え直すようにと泣いて縋《すが》ったが、帆南は頑として首を縦には振らなかった。

他に、どうやって恩返しをしたらいいかわからなかったから。

権藤は、嫁入り前に花嫁修業をしておけと宣言し、今の仕事は辞めるよう命じてきた。なんとか保育士の仕事だけは続けさせてもらえないかと懇願《こんがん》してみたが、無駄だった。

結婚したら権藤の会社の雑用を、すべて帆南が任されることになるのだという。

これからだと張り切っていたのに、たった二年で、念願叶って就《つ》けた保育士の仕事を辞めることになるとは夢にも思わなかった。

事情を知った同僚達は祝福していいのか、引き留めればいいのか微妙な反応だった。

近隣でも、権藤の評判は芳《かんば》しいものではなかったからだ。

子ども達は別れを惜しんでくれたが、帆南はそんな同僚達の哀れみの視線がいたたまれなかった。

こうして、とんとん拍子に話は進み、帆南は今日保育園を辞めてきたのだ。

「ご注文は、なにになさいますか？」

次男に低音の美声で問われ、長い物思いに耽《ふけ》っていた帆南は一瞬反応が遅れてしまう。

慌てて手元に開いていたメニューに視線を落とすと、本日のケーキと季節の和菓子が数種類、綺麗《きれい》な写真付きで載っている。

いかにも手作りのメニューは、温かみを感じられた。

ケーキには紅茶やコーヒー、和菓子にはほうじ茶や煎茶《せんちゃ》などが自由に選べるようだ。

帆南は、普段なかなか食べられない、おいしそうなフルーツがたくさんのったタルトとレモンティーを注文した。

久しぶりの贅沢《ぜいたく》に、冒険しているみたいで胸がドキドキする。

店内がよく見渡せるテーブル席を選んだので、帆南の座った席からは座敷席の奥までよく見渡せる。

ここからなら、万が一座敷わらしが現れても見逃すことはないはずだ。

「へぇ、洒落《しゃれ》てる店じゃない」

「本当に出るのかな？　座敷わらし」

「ネットの噂ってアテにならないからね」

そんな声が聞こえてきて、悪いとは思ったが、つい聞き耳を立ててしまうと、隣の席にいた若い女性二人連れは、ネットでこの店の噂を聞きつけ、興味本位で来店したようだ。

彼女らが見かけたスピリチュアル系掲示板では、この店を経営している美形三兄弟は代々帝《みかど》に仕えた陰陽師《おんみょうじ》の家系の一族出身なのだとか、本家の人間より霊能力が強く、疎《うと》まれて追い出され、霊能に関係ないこの店をやっているとか、荒唐無稽《こうとうむけい》な内容ばかりが語られていたらしい。

──すごく胡散臭《うさんくさ》い……。

やっぱり、噂話を鵜呑《うの》みにして縋《すが》ってしまった自分が愚かだったのかもしれない。

来店したことを、ほんの少しだけ後悔していると。

「お待たせしました」

やがて今度は店主が、ケーキセットを運んでくる。

見ていると店主は主にバリスタ担当で、パティシエだという次男がスイーツの飾り付けや準備をしているが、給仕はどちらか手が空いている方がするシステムのようだ。

温かそうに湯気を立てている紅茶は、アールグレイ。

添えられた輪切りのレモンを入れ、砂糖は入れずに一口味わう。

本格的な茶葉で丁寧《ていねい》に淹《い》れられた紅茶は、普段自宅で飲んでいる安物のティーバッグとは比べものにならないほどの深い味わいだ。

ほう、と一息つき、色とりどりのフルーツで飾られたタルトをじっくり眺める。

固いタルト生地の上に、実にバランスよく旬《しゅん》のフルーツ達がてんこ盛りだ。

食べてしまうのがもったいないほど綺麗だったが、思い切ってさくりとフォークを入れてみる。

一口頰張《ほおば》ると、フルーツの酸味とカスタードクリームの甘みが絶妙なバランスで口の中に広がった。

普段あまりケーキを食べ慣れていない帆南でも、相当にレベルが高いとわかる上品なおいしさだ。

砂糖を大量に使っていると、食べ終えた後喉《のど》が渇《かわ》いたりするが、これはなんの甘味料を使っているのか、さっぱりとした甘さでお茶なしでもいけそうだった。

――はぁ……しあわせ……。

この、夢のように素敵なティータイムをできるだけ引き延ばして、一時間……いや、一時間半くらいは粘ってもお店の迷惑にならないだろうか？

それが自分に与えられた、最後のチャンスだ。

ちびちびと大事にタルトを食べながら、帆南はなるべく挙動不審に見えないように気をつけながら店内を観察し続ける。

いったい、なにをやっているんだろう？

仮に座敷わらしを目撃できたところで、宝くじにでも当たらない限り権藤の後妻になるという現実は変えられないのに。

頭ではわかっていても、微《かす》かな希望に縋らずにはいられない。

帆南は自分が、そこまで切羽詰《せっぱつ》まった心境に追い込まれていたことにようやく気づく。

やはり、ずっと働く気でいた保育士の仕事を辞めなければならなかったことが、相当堪《こた》えていたようだ。

「ちょっと聞いてよ、春薫《はるしげ》くん。新しく来たシッターさんなんだけどさぁ」

カウンター席では、三十代後半くらいの女性客が一人コーヒーを飲みながら、どうやら春薫という名らしい美貌《びぼう》の店主相手に愚痴《ぐち》っている。

ノートパソコンを開き、なにやら作業しているが、よれたスウェットの上下を着て、パーマをかけた髪を引っ詰め、眼鏡《めがね》をかけていて、いかにもふらりとやってきた、ご近所の常連客といった雰囲気《ふんいき》だ。

「知り合いから身元の確かなお嬢さんだからって紹介されて雇ったんだけど、これがみごとなまでに言われたことしかしないのよ。子どもの面倒を見るのって、臨機応変がなにより大切でしょ？　こんなに気が利《き》かないのに、なんでシッターなんかやろうと思ったのか、まさに日本最大の謎なわけよ」

「それは大変ですね」

美貌の店主は、ドリップコーヒーを淹れながら控えめに相槌《あいづち》を打っている。

カウンター席の彼女の足元には、三歳くらいの愛らしい女の子がちょこまかと歩き回っている。

なんでも物珍しい年頃なのか、椅子《いす》の下を覗《のぞ》いたりテラス席のある庭を覗いてみたりと、カフェのあちこちを探検しているようだ。

――あ、マキブランドのお洋服だ。

少女は、ピンクと白の色使いが特徴的な、可愛《かわい》らしいデザインの子ども服のワンピースを着ていた。

最近テレビＣＭなどでもよく見かける、有名なブランド子ども服だ。

可愛いなと思って眺めていると、少女と目が合う。

すると少女は小さな靴《くつ》でタッと駆けてきて、帆南のテーブルへやってきた。

そして、手にしていた熊のぬいぐるみを見せてくる。

「わぁ、可愛い熊さんだね」

そう話しかけてやると、少女は嬉しそうににこっと笑った。

「こら、結菜《ゆいな》。お姉さんの邪魔したら駄目でしょ。戻ってらっしゃい」

娘の不在に気づいた女性が声をかけると、少女は再び走って母親のもとへ戻る。

そしてポケットに大事にしまっていたらしいキャンディを取り出し、言った。

「これ、わらしちゃんにあげるの」

その言葉に、帆南は思わず聞き耳を立ててしまう。

「おやつ、分けてあげるの？」

「うん」

少女が頷くと、女性は履《は》いていたスニーカーを脱ぎ、座敷席へと上がっていく。

そして、祭壇《さいだん》の前にそのキャンディを置いた。

その所作《しょさ》がいかにも自然で、まるで実在する娘の友達におやつを分けてあげているようだった。

――やっぱり、このお店には本当に座敷わらしが棲《す》んでるんだ……。

帆南は、胸の高鳴りを抑えられない。

「私も、もう一度見てみたいわよ。この子には時々見えるみたいだけど、いくら通っても全然駄目。私がわらしちゃんに会えたのは、あの一度きりだもの」

その言葉に、帆南の緊張は最高潮に高まった。

この女性は、ここで座敷わらしを目撃したことがあるのか。

申し訳ないと思いつつも、息を詰め、耳に全神経を集中させてしまう帆南だ。

「やっぱり子どもは無邪気だから、わらしちゃんも姿を見せやすいのかしら」

カウンター席に戻ってきた女性がそう尋ねると、店主は曖昧《あいまい》な微笑を見せた。

「さぁ、どうなんでしょうね。私にもまったく見えないのでなんとも」

その返事は、意外だった。

店主である彼も、座敷わらしを目撃したことがないなんて。

「綾人《あやと》くんにしか見えないんだっけ？　やっぱり普段は子どもにしか見えないのかなぁ。こないだネットで、このお店に来たって書き込み見かけたんだけど、目撃できた人ってすごく少ないのよねぇ」

すると、コーヒーを淹《い》れながら店主は謎めいた微笑を浮かべた。

「実彩子《みさこ》さんと同じように、わらしちゃんの姿は、その時本当に困っている人にしか見えないものなのかもしれないですね」

「そうねぇ……私もあの時は本当に困ってたから」

いったい、彼女になにがあったのだろう？

ものすごく知りたいけれど、初対面の自分にそんな突っ込んだことが聞けるはずもない。

帆南があきらめのため息をついた、その時。

「ただいまぁ！」

ランドセルを揺らしながら、一人の少年が店内へ駆け込んでくる。

白いカッターシャツに七分丈のジーンズにスニーカーという出《い》で立《た》ちの少年は、さらりと癖《くせ》のない黒髪で、その整った顔立ちはテレビに登場する子役のように愛らしい。

こちらも、はっと人目を引くほどの顔立ちの整った美少年だ。

年の頃は噂通り七、八歳くらいだったので、彼が三男なのだろう。

——ほんとに、美形三兄弟なんだ……。

噂には聞いていたものの、想像以上の美貌に驚かされる。

少年は、ランドセルを背負ったまま近くにいた次男の腰にぎゅっと抱きつく。

「お帰り、綾人」

「今日のおやつ、なに？」

「今日はバナナのクレープだぞ」

年の離れた弟の頭を撫《な》でてやりながら、無骨な次男が答える。

「やった！　わらしちゃんも大好きだからよろこぶよ」

ぴょんと飛び跳ね、綾人と呼ばれた少年はレストルームへ走っていく。

ややあって戻ってきたので、どうやら手を洗ってきたようだ。

それから綾人はきちんと靴を揃えて脱いで座敷席へ上がり、手前にある、予約席の札が置かれた丸テーブルに座った。

すると、座敷席の柱に飾ってあった、古めかしい年代物の柱時計が、ボーンボーンと重い音を立てて鳴り始める。

時計が午後三時を告げた、その時。

帆南の視界を、ちらりと赤いものがよぎった。

なんだろう、と瞳を瞬かせているうちに、次の瞬間には綾人の向かいの席には一人の少女がちょこんと座っていた。

――え……？

目の錯覚《さっかく》かと、思わず凝視してしまったが、座布団の上には四、五歳くらいのおかっぱ頭の少女がきちんと正座をしている。

が、その身にまとった赤い絣《かすり》の着物姿は、どう見ても現代の子どもの服装ではない。

帆南は動揺《どうよう》し、周囲を見回したが、座敷席にもそこそこ客はいたのに、誰もそちらに注目する者はいなかった。

さきほどの、座敷わらし目当ての若い女性客を見ても、彼女らも気づいている様子はなく、お喋《しゃべ》りに夢中だ。

――皆には、見えてないんだ……。

その事実に、思わず全身の毛が総毛立つような興奮を覚えた。

帆南が塑像《そぞう》のごとく固まっている間に、次男が焼きたてのクレープの載った皿を弟の許《もと》へ運んでいく。

薄く焼いたクレープで薄くスライスしたバナナとカスタードクリームを巻いたそれは、見るからにおいしそうだ。

ドリンクは一見するとミルクのようだが、どうやら温めた豆乳らしい。

「よく噛んで、ゆっくり食べるんだぞ」

「うん、いただきまぁす」

元気よく挨拶《あいさつ》し、綾人はおいしそうにクレープにかぶりついた。

座敷わらしも、子ども用のフォークを使い、上手に食べている。

「おいしいね、わらしちゃん」

綾人はあれこれ話しかけているが、座敷わらしの方は一度も口を利《き》かない。

だが、綾人は気にする様子もなく、なぜか話は通じているようだった。

――私にも、座敷わらしが見えたんだ……。

その僥倖《ぎょうこう》が我が身に降りかかったとはとても信じられず、帆南はしばらく動けなかった。

「今日は豆乳みたいだけど、綾人くんによく番茶とか麦茶出してるよね？　子どもにはジュースより、やっぱりお茶の方がいいのかしら？」

娘がオレンジジュースを飲みたがってしかたがないのだ、と実彩子が店主に相談している。

「そうですね。ジュースは糖分が多いですから、毎日ではない方がいいかも。うちは店でも、なるべく白砂糖を減らして、血糖値を急激に上げないような天然の甘味料を使ってるんですよ」

どうやら兄二人は、弟に食べさせることを前提に身体《からだ》に優しいスイーツを考え、店の商品も同じように作っているらしい。

両親が揃っていても、保育園の遠足に平気でコンビニ弁当を持たせてくるような親も増えているのに、この兄弟は心から弟のことを考えて大切に育てているのだなと感心した。

……もっとも、ネット上の噂《うわさ》なので、両親が本当にいないのかどうかは定かではないのだが。

「そうそう、実彩子さん。お手玉ってどこで売ってるかご存じないですか？」

忙しくテーブル席の食器を下げながら、店主がカウンター席の実彩子に問う。

「お手玉？　そういえば最近見ないわよねぇ。わらしちゃんに？」

「ええ。綾人が、前のに穴が空いてしまったので、新しいのをあげたいと言い出して」

「ネット通販で買えるんじゃないかなぁ。今度調べといてあげるね」

「すみません、お願いします」

そんな彼らの話に気を取られ、わずかな間目を離し、再び少年と座敷わらしの席へ視線を戻すと、もう座敷わらしの姿はなく、少年が食べ終えた皿を片付けているところだった。

あまりに一瞬のことだったので、あれが現実だったのかまだ信じられない。

放心してはっと気づくと、入店して既に一時間半近くが過ぎていた。

すっかり冷めてしまった紅茶を飲み干し、帆南は慌てて会計を済ませ、店を出る。

「ありがとうございました」

美貌《びぼう》の店主の声に見送られ、外へ出るとお伽噺《とぎばなし》の世界から浮き世に戻ってきたような気がした。

「お祖母《ばあ》ちゃん、お手玉の作り方、教えてもらえる?」

帰宅すると、帆南はさっそく祖母にそう切り出す。

子どもの頃、祖母の作ってくれたお手玉で遊んだことを思い出したのだ。

「お手玉? 急にどうしたの?」

「う、うん……知り合いのお子さんが欲しがってて。プレゼントしようかなって思って」

と、帆南は曖昧に誤魔化《ごまか》す。

「そう。よかった、ちょうど小豆《あずき》があるから、すぐできるわよ」

そう言うと、祖母は台所から買い置きの小豆を探してきて、裁縫箱《さいほうばこ》を開けた。

中には、祖母が普段取っておいた端布《はぎれ》がたくさん入っている。

お手玉にもいろいろ種類があって、一番簡単なのは俵《たわら》型だというので、それを教えてもらうことにした。

手縫《てぬ》いでできるらしいので、ミシンも使わず簡単だ。

祖母から手順を教わり、帆南は布を縫い始める。

すると、そんな彼女を見つめながら、ふと祖母が言った。

「帆南。家なんかなくたって、どうにかなるわ。私達にとって、家よりあなたのしあわせの方が大切なの。お願いだから結婚のこと、考え直してちょうだい」

それはもう、何度も繰り返された問答だった。

「……大丈夫だってば。権藤さんはお金持ちなんだし、私みたいな、なんの取り柄もない人は早くお嫁に行った方がいいのよ」

そう、母は六歳までずっとそう教えてくれていたし、自分も海外でしあわせに暮らしてお手本を見せてくれている。

両親にすら必要とされなかった自分のような人間をもらってくれるだけで、ありがたいと思わなければならないと思った。

「帆南……」

「結婚式、和風かな？　洋風かな？　私、白無垢《しろむく》着てみたいな」

吝嗇家《りんしょくか》の権藤が、挙式などしてくれるはずがないことは薄々わかっていたが、祖父母の前では、努めて明るく振る舞い、結婚を心待ちにしているように演じてみせる。

でなければ、二人が良心の呵責《かしゃく》に耐えきれないだろうと思ったから。

――これでいいんだ、これで。

無心に針を動かしながら、何度もそう自分に言い聞かせるしかなかった。

そして、数日後。

——また来ちゃった……。

帆南は愛用のノートパソコンが入ったトートバッグをぎゅっと胸元に抱え、カフェ『たまゆら』の前に立つ。

初めての来店で座敷わらしを目撃したことで、決めたはずの心に再び迷いが生じてしまったのかもしれない。

とにかく、本当に座敷わらしは見えたのか、見間違いではなかったのか、どうしても確かめたくて、帆南は再び『たまゆら』の扉をくぐることにしたのだ。

「いらっしゃいませ」

美貌の店主が、先日と変わらぬ笑顔で出迎えてくれる。

まだ二度目の来店なので、顔などは覚えられていないだろうと思うと、少し気が楽だ。

「こんにちは。あの……ノートパソコンを使ってもいいですか?」

前回来た時、常連客の実彩子がパソコンを使っているのを見かけてはいたものの、一応断っておいた方がいいかと考え、そう尋ねる。

すると店主は「どうぞ。よければカウンター席にコンセントがありますよ」と勧めてくれた。

　電源まで貸してくれる親切に感動しながら、帆南はお言葉に甘えてカウンター席の隅に座らせてもらう。

　カウンター席には今日も実彩子が来ていて、同じくパソコンを開き、娘を膝の上にのせてコーヒーを飲んでいた。

　帆南は少しドキドキしながら、同じようにノートパソコンを開いてみる。

　ずっと前から、こうしてカフェで小説を書いてみるのが夢だった。

　それだけで、なんだかいっぱしの小説家になれたような気分に浸れそうだから。

　もう仕事も辞めさせられてしまったので、時間を持て余しているより最後の自由時間に、少しだけささやかな自分の夢を叶えてみたくなったのだ。

　初めて物語を書いたのは、確か八歳の頃だ。

　大好きだった絵本を真似《まね》て、王子様とお姫様が登場する童話をノートに書いた。

　今読み返すととんでもなくお粗末な出来なのだが、当時は素晴らしい名作を書いた気でいたものだ。

　幼い頃から内向的で、友達と遊ぶより一人でいる方が好きな子どもだった帆南は、ひそかに物語を書き続けた。

ノートに書き綴《つづ》るだけの、自分以外誰にも読まれることのない物語は、十四年の月日を経て、いつのまにか押し入れの一角を占拠するほどの量になっていた。

専門学校を卒業し、就職が決まると、帆南は初めての給料でまず祖父母に新しい老眼鏡をプレゼントし、自分には格安の中古ノートパソコンを買った。

ずっとずっと、中学生の頃から欲しくてたまらなかったものをようやく手に入れ、帆南は仕事から帰宅し、家事や入浴を済ませた後、睡眠時間を削って小説を書き続けた。

小説家になれるなんて思えなかったので、堅実な保育士への道を選んだが、趣味で書き続ける分には誰にも迷惑はかけない。

現実の自分は地味で、どこにいても目立たない存在で、平凡を絵に描いたような人間だけれど、小説の中ではどんな美女にも、お姫様にも、大富豪にでも、殺人鬼にだってなれるのだ。

こんなに楽しいことが、ほかにあるだろうか？

端《はた》から見たら、一円にもならないことになんて無駄な労力を注いでいるのだろうと笑われるかもしれない。

けれど帆南にとって、小説を書くのは呼吸をするのと同じことだった。

ただ書くことがひたすら当たり前のことで、書かない自分など想像すらできなかったのだ。

キーボードを叩き始めると、周囲の音すら聞こえなくなってしまい、帆南は一心不乱に小説の世界に没頭した。

はっと我に返ったのは、綾人が「ただいまぁ！」と帰宅した時だ。

そうだった、と急いでトートバッグを探り、小さな紙袋を取り出す。

そして、帆南は思い切って、そばを通りかかった少年にそれを差し出した。

「あの、これ……よかったら、その……わらしちゃんに」

綾人が受け取り、カウンターの上に中身を開けると、端布《はぎれ》で作った可愛《かわい》らしいお手玉が六つ転がり出す。

それを見た店主と実彩子が驚いた表情になったので、帆南は急に居たたまれない気分になった。

「か、勝手に作ってすみません……！　こないだお手玉が必要だってお話ししてるのを、つい聞いてしまって……」

やはり迷惑だっただろうか？

気味の悪い客だと思われてしまっただろうか？

今さらながら気まずくなってきて、帆南がおずおずと顔を上げると、少年はにこっと笑った。

「ありがと！　わらしちゃん、うれしいってよろこんでるよ」

「……本当？」

その言葉に、少しほっとする。

すると母親の膝の上でお手玉を見た結菜が物珍しかったのか、触りたがって小さな手を伸ばしてきた。

「こら、ダメよ、結菜。これはお姉ちゃんが、わらしちゃんのために作ったものなんだから」

実彩子がそうたしなめると。

「わらしちゃん、かしてあげるって言ってるから、大丈夫だよ。いいよね？」

そう確認され、帆南も慌てて頷《うなず》く。

すると、綾人は三つを結菜に、残る三つを手に取って座敷席へ上がり、祭壇《さいだん》の前に置いて戻ってきた。

お手玉を見たことがなかったらしい結菜は、ポーンと放り投げてはきゃっきゃと楽しそうに遊んでいる。

「ありがとう。お礼に好きなもの奢《おご》るから、なんでも注文して」

実彩子に礼を言われ、「いえ、大したものじゃないので、お気持ちだけで充分です」と慌てて辞退する。

「でしたら、うちの店からわらしちゃんと同じおやつをご馳走《ちそう》させてください。もうすぐ三時ですし」

するとカウンターに立っていた店主がそう折衷案《せっちゅうあん》を提案してくる。

「……いいんですか？」

先日の、いかにもおいしそうだった手作りおやつのことを思い出し、帆南はつい遠慮より先に本音が出てしまった。

「煌《こう》、パンケーキ三人前ね」

「……了解」

兄のオーダーを受け、オープンキッチンに立つ次男がフライパンに火を入れる。

彼が慣れた手つきで生地を投入すると、甘いいい匂《にお》いがオープンキッチンに立ち込めた。

「わらしちゃんと綾人のおやつの時間になると、同じメニューをと注文してくる方が多いんですよ」

「あ、それ私のこと言ってる？　だって仕方ないじゃない。目の前でそんなおいしそうなもの作られたら、そりゃあ皆頼むわよね？」

実彩子に同意を求められ、帆南もこくこくと頷く。

「ここ、綾人くんのおやつが有名で、おやつカフェとも呼ばれてるんだから。というわけで、こっちにも一つよろしくね」

「かしこまりました」

実彩子からも注文が入り、店主は次男にオーダーを伝える。

オープンキッチンにいる次男は実に手際《てぎわ》よくパンケーキを焼き上げ、あっという間にデコレーションまで仕上げた。

「はい、お待たせしました」

やがて出来上がると、店主が帆南のテーブル前に、パンケーキののった皿を差し出す。

小さい子が夕ご飯を食べられなくならないように、小さめに焼かれたパンケーキだが、分厚くて上にはホイップクリームと粉砂糖、それにキャラメルソースがかかっていて、カットしたキウイや苺《いちご》、バナナなどで可愛らしくデコレーションされている。

いかにもおいしそうで、帆南はつい生唾《なまつば》を飲んでしまった。

「いただきます」

ナイフを入れるのがもったいないくらいだったが、思い切って一切れ切ってフォークで口へと運ぶ。

分厚いのに重くなく、ほわりと口の中で溶けていき、ほどよい生地の甘みが広がる。

「おいしい……！」

思わず、小さく叫んでしまう。

語彙《ごい》力がなくて恐縮だが、本当においしいのだからしかたがない。

カフェオレかと思い、一緒に出された飲み物を一口啜《すす》ってみると、香ばしい風味が口の中に広がった。

コーヒーに味は近い気がするが、なんだか違うような気もする。

「あの、これは……？」

「タンポポコーヒーをミルクで割ったものです。タンポポの根から作られたハーブティーみたいなものですが、コーヒーに近いコクがあるのにノンカフェインなので、子どもでも飲めるんです」

普段は無口な次男が、そう解説してくれる。

「初めて飲んだけど、おいしいです。世界には、まだまだ知らないものがあるんだなぁ……」

帆南が素直な感想を述べると、次男は口元の端に微《かす》かな笑みを刻んだ。

精悍《せいかん》な面差《おもざ》しで照れたような笑顔を見せられると、なんだかこちらまで照れてしまう。

座敷席を振り返ると、いつもの予約席ではわらしと綾人もおいしそうにパンケーキを頰《ほお》張《ば》っていた。

やはり見間違いではなかった、と帆南は再確認する。

だが今は、彼らと同じおやつを食べさせてもらえて、なんだか嬉しいなどと呑気《のんき》なことを考えてしまう。

そういえば、帆南が祖父母の家に引き取られた頃、祖母がよくパンケーキを焼いてくれたことを思い出す。

「若い人の食べるハイカラなものは、よくわからないけどねぇ」と言いながら祖母が焼いたパンケーキもふわふわで、蜂蜜《はちみつ》をかけて食べると絶品だった。

自分達は和菓子好きだったのに、母に置いていかれて元気のない帆南を元気づけるために必死に帆南が喜びそうなものを考え、作ってくれていたのだろう。

こんな自分を大切に育ててくれた、祖父母の笑顔を守るために、自分の決断は間違っていなかったのだと帆南は思った。

「ご馳走《ちそう》さまでした。すごくおいしかったです」

おいしさのあまり、あっという間にパンケーキを平らげてしまい、がっつきすぎてしまったかしらと少し恥ずかしい。

すると。

「お客さんはまだ若いから、これからいくらでも世界の知らないものを見たり知ったりする時間はありますよ」

調理の手が空いたのか、次男がカウンターへやってきてそう言った。

どうやら、さきほどの帆南の独り言に関する返事らしい。

「そうですね……でも、私、もうすぐ結婚するので」

なぜそんな話をしてしまったのか、自分でもわからなかったが、つい口をついて出ていた。

「そうなんですか、それはおめでとうございます」

店主もそう祝福してくれるが、帆南はぎこちない笑顔しか作れなかった。

「だから……結婚したら、その方の家の仕事を手伝わなければならないので、あまり自由にはなれなくて」

「そんなの、自分の気持ち次第よ」

すると、隣で話を聞いていた実彩子が、そう口を挟んでくる。

「自分の運命って、一歩踏み出す勇気で変えられるんじゃないかな。たとえそれが、ほんの些細《ささい》な変化でも、なにもしないで後悔するよりマシな気がするけど。私は今までそうやって生きてきたなぁ。しなかった後悔より、やって後悔した方がずっといいって言うじゃない？」

「実彩子さんらしいですね」

見るからにきっぷのよさそうな彼女の性格を知っているのか、店主がそう告げる。

彼女のさりげない言葉は、なぜか帆南の胸に熱く染みた。

そうだった。

自分はなんの努力もせず、借金を返すために一番楽な解決策を選んでしまった。

たとえ意味がなくとも、最後に出来うる限りの力を振り絞《しぼ》り、努力してみることもしなかった。

それに気づくと、なんだか自分がとても卑怯《ひきょう》な人間に思えてきて、帆南は恥ずかしくなる。

と、その時。

「実彩子さん、お待たせしました」

二十代後半くらいの、痩《や》せ型の女性が店に入ってきて、実彩子に声をかけた。

すると実彩子は、腕時計で時刻を確認する。

「裕実《ひろみ》ちゃん、十五分遅刻。いつも言ってるけど、ちゃんと時間は守ってね」

「……すみません」

　裕実と呼ばれたシッターの女性は、一応口ではそう謝ったが、いかにも上っ面《つら》だけの謝罪だ。

　それが伝わったのか、実彩子も軽くため息をついている。

「私、これから打ち合わせがあるから結菜をお願いね」

「わかりました」

　そんな話をしながら、実彩子はシッターと結菜を連れて会計を済ませ、店を出て行った。

　二時間近く粘ってしまったので、自分もそろそろ帰らなければ。

　名残《なごり》惜しかったが、帆南はレジで会計を済ませた。

「ご馳走さまでした」とお礼を言うと、美貌《びぼう》の店主はにっこり笑って「またいらしてください」と言ってくれた。

　店からの帰り道、いつも通る小さな書店の店頭で、大好きな少女小説の雑誌の最新号が目に入る。

　表紙には『第五十二回新人賞締め切り間近!』との文字。

　今まで何度も、書き溜めてきた小説を投稿しようと考えては実行に移せずにいた。

　拙《つたな》い自分の小説なんか、世の中の人に認めてもらえるはずがない。

はなからそう決めつけ、チャレンジする前からそう言い訳してなにもしなかったのだ。

大賞を受賞すれば、なんと賞金は三百万円。

締め切りまで、期限はあと一週間だった。

——一週間か……。

賞金が、必要としている三百万と同じ金額だということに、不思議な巡り合わせを感じる。

書き溜めた原稿はデータとしてパソコンの中に入っているが、投稿するには大幅に加筆修正する必要がある。

今から取りかかっても、なんとかぎりぎり間に合うか間に合わないか、といったところだ。

だが、応募した作品の審査発表は、約半年後。

つまり、奇跡が起きて仮に大賞をもらえたとしても間に合わず、自分が権藤の後妻になる運命に変わりはない。

——それでも、なにもしないでこのまま後悔するより、ずっといいよね？

普段は引っ込み思案で、自分からなにかを強く欲したことも、祖父母に我《わ》が儘《まま》を言ったこともなかった帆南だが、最後に一度だけ全力を振り絞ってなにかに賭《か》けてみたかった。

最後に一度だけ、わずかな夢を追いかけてみたかった。

帆南はきゅっと頬を引き締め、大事そうに雑誌を胸に抱くとレジへ向かった。


それから、帆南の小説だけに没頭する一週間が始まった。

夜は睡眠時間を削ってパソコンに向かうが、日中は祖父母が起きているので家では作業しづらい。

権藤との結婚を控えた自分が、突然小説に打ち込んでいると知ったら、また心配をかけてしまうと思ったからだ。

なので帆南はノートパソコンを抱え、自然とカフェ『たまゆら』に向かって歩いていた。

「すみません、また電源お借りしていいですか？」

おずおず頼むと、店主は快《こころよ》くカウンター席へ案内してくれた。

金銭的にあまり余裕がないので、一番安いブレンドコーヒーを注文し、帆南は一心不乱にキーボードを叩き続けた。

小説に没頭している時は、なにも考えずに済む。

応募作に決めたのは、帆南が一番気に入って長年構想を温め続けてきた、とある異世界ファンタジーだ。

ひょんなことから異世界へ飛ばされてしまったヒロインが、そちらの世界に君臨する魔王と戦う羽目になって奮戦するというストーリーである。

引っ込み次案で、いつも言いたいことも言えなくて。

なにごとに対しても要領が悪くて自分でもいやになるが、小説の世界では快活なヒロインになりきり、誰に対しても物怖《ものお》じせず意見を言う。

大乱闘や冒険だって、へっちゃらだ。

思えば自分が小説を書いてきたのは、一種の現実逃避だったのかもしれない。

現実の世界ではうまく生きられないから、空想の世界へ逃げ込んでバリアを張っていたのだ。

だが、それをこのまま自分一人の妄想で終わらせたくない。

たった一人でもいい、誰かに読んでほしい。

認めてほしい。

そうしたら、今まで人知れず生み出してきた作品達が報われる気がするから。

両親にさえ必要とされなかった自分が、この世に存在した意味が、少しでもあるのだと思いたいから。

残された自由な時間が少ないという焦りが、よけいに帆南を突き動かしていた。

ふと気づくと、カウンター席の二つ隣で、綾人が宿題を広げて熱心に算数を解いている。

時計を見上げると、午後三時半を回っていた。

どうやら原稿に没頭しすぎて、今日のおやつタイムに座敷わらしを見損《みそこ》ねてしまったようだ。

「おねえちゃん、おなまえは?」

カウンターの椅子《いす》で両足をぶらぶらさせながら、綾人が話しかけてきた。

「私?　帆南って言うの」

「ぼくは綾人。ほなみちゃんは小説を書いてるの?」

「うん。最後に……新人賞に応募してみようと思って」

「そうなんだ。ほなみちゃん、小説書いてるとすごくたのしそうだね」

「……そう見える?」

「うん」

少年の大きな瞳には、なぜだか不思議な魅力があって、じっと見つめられると思わず吸い込まれてしまいそうな気分になる。

それから聞かれるままに、帆南は締め切りが一週間後に迫っていること、事情があって家では原稿を書きにくいことなどを話してしまった。

「そしたら、ここで書けばいいよ。ね、春兄《にい》？」

綾人がこともなげに言うと、カウンターにいた店主も「そうだね」とあっさり同意したので、帆南は驚いてしまう。

「で、でも……ご迷惑じゃ……」

「今はよけいなことを考えずに、心残りのないように、全力で作品を仕上げてください。うちはかまわないですよ。カウンター席はだいたい常連さんしか座らないので、全席埋まることはまずないですから」

店主がそう告げると、コーヒーサーバーを運んできた次男が無言で帆南の空《から》になったカップにお代わりを注いでくれた。

本来、お代わり無料の店ではないので、次男は「内緒だよ」と言うように頷《うなず》き、そのままキッチンへ戻って行ってしまった。

「……ありがとうございます、助かります」

見ず知らずの自分に、こんなに親切にしてくれるなんて。

三兄弟の優しさに、帆南の胸はじんと熱くなった。


それから、帆南は毎日『たまゆら』へと通った。

午前中は部屋で書き、早い昼食を済ませてから『たまゆら』へ向かう。

夜七時の閉店まで、カウンター席の隅でただひたすらキーボードを叩き続けた。

コーヒー一杯で何時間も粘るのが申し訳なくて、家で作った干し柿を持参すると、三兄弟はとてもおいしいと喜んでくれた。

こんなになにかに夢中になったのは、久しぶりだ。

大好きな作品を完成させるために、帆南は小説の世界に没頭した。

書いている間だけは、この先待ち受けている困難もなにもかも、忘れることができた。

綾人は、小学校から帰宅し、座敷わらしと三時のおやつを食べた後は、カウンター席で学校の宿題をするのが習慣らしい。

毎日店に通い、閉店まで過ごすうちに、帆南は自然と綾人とも親しくなった。

彼らの両親は交通事故で亡くなり、綾人と少しでも一緒にいられるようにと、二人の兄達はこのカフェを生業《なりわい》にしたと聞かされ、帆南はこの店に感じる温かいものの正体を知ったような気がした。

座敷わらしは、どうやら綾人にしか見えておらず、兄二人は綾人の口から座敷わらしの言葉を聞かされるだけらしい。

だが、二人は弟が嘘をついているなどと微塵《みじん》も考えていない。

全面的に弟を、信じているのだ。

――兄弟って、いいなぁ。

一人っ子の帆南は、つい彼らの絆《きずな》が羨《うらや》ましくなってしまう。

こうして瞬く間に五日が過ぎ、締め切りまであと二日。

執筆は順調に進み、なんとかなりそうな目処《めど》がついてほっとする。

その日も夕方まで『たまゆら』のカウンター席で原稿を書いていた帆南だったが、唐突《とうとつ》に携帯電話が鳴り出した。

見ると、かけてきたのは権藤だったので、慌てて応答する。

「もしもし」

『家に行ったらいなかったな。花嫁修業もせずに、いったいどこをほっつき歩いてるんだ?』

「す、すみません……」

なんてタイミングが悪いんだろう。

締め切りまで、あと二日。

ここでラストスパートをかければ、なんとかぎりぎりで間に合いそうなのに。

よりによって、権藤が会おうと言い出すなんて。

もちろん、「花嫁修業中」の帆南に拒否権などない。

やむなく、今カフェにいると場所を伝えると、権藤は「迎えに行くから支度《したく》をしておけ。今日は泊まるつもりでいろ」と一方的に命令して電話を切った。

ああ、ついにこの日が来てしまった。

好色そうに自分の全身を眺めていた、彼のねっとりとした視線を思い出し、全身に鳥肌が立つ。

だが、そんな恐れを振り切り、せめて彼が着くまではと必死にキーボードを叩いた。

顔色を変え、必死に打ち込む帆南の姿に、店主と次男も心配そうに見守っている。

おやつを食べ終え、カウンターで宿題をしていた綾人も、そんな帆南をじっと見つめていた。

どうか、少しでも遅く来てくれますように。

そんな帆南の願いもむなしく、十分もしないうちに店の扉が開き、太鼓腹《たいこばら》を揺すりながら権藤が入ってきた。

「迎えに来てやったぞ」

「は、はい……」

帆南が渋々ノートパソコンをしまおうとすると、店主がさりげなく会話に入ってくる。

「まぁ、そうお急ぎにならず、コーヒーを一杯いかがですか？　新しい豆を手に入れたので、お客様に味見していただいているんですよ」

「なに？　無料なのか？　ならもらおう」

吝嗇家《りんしょくか》で有名な権藤は、タダだと聞くと一も二もなくカウンター席へどっかりと腰を下ろした。

これでコーヒー一杯分の猶予《ゆうよ》ができた。

安堵《あんど》に、帆南は権藤に気づかれないようにほっと吐息をつく。

店主の厚意に感謝したが、しょせんはただの時間稼《かせ》ぎだ。

いやなことを先延ばしにしたところで、その時間はいつか必ず訪れる。

それはわかっていたが、帆南はあと少しだけでもと、ただひたすらキーボードを叩き続けた。

「そういえば小説を書いていると言っていたな。家に入ったら、うちの会社の雑用もみっちりやってもらわにゃいかんのだからな。金にならんお遊びなぞさせる余裕はないぞ」

権藤の心ない暴言も、敢《あ》えて聞き流す。

今はかまっている暇はない。

後でどうなろうと、今はこの原稿に集中したかった。

「お味はいかがですか？」

代わりに、美貌《びぼう》の店主が権藤の相手をしてくれている。

「ふん、まぁまぁだな。少し酸味が強いんじゃないか」

偉そうにそう感想を述べ、権藤はまだ半分ほど残っているコーヒーカップをいったんテーブルの上に置く。

「そろそろ行くぞ」

そうせかされ、帆南はついにこれまでか……とぎゅっと唇を噛《か》む。

引っ込み次案が祟《たた》り、今まで恋愛らしいことにもまるで無縁の生活だった。

両親にも顧《かえり》みられず、いらないと言われた自分を好きになってくれる人など、いるはずがない。

そんな思いが、ずっと胸にあったせいかもしれない。

初恋も知らず、こんな男の言いなりにならなければいけないのか。

一瞬なにもかも投げ出して逃げ出したくなったが、かろうじて思い留まる。

これはすべて、自分で選択したことなのだ。

決めたからには、責任を果たさなければならない。

観念し、帆南がパソコンの電源を切ろうとした、その時。

タタッと小さな影が走ってきて、赤いものがちらりと視界の隅をよぎる。

おやつが終わり、姿を消したはずの座敷わらしが、なぜか再び現れ、カウンターまでやってきたのだ。

驚いて見ていると、座敷わらしはうんしょ、と小さな身体《からだ》で背伸びをし、権藤のコーヒーカップをちょいとつついた。

するとカップは突然ひっくり返り、見事に権藤の股間《こかん》にコーヒーをぶちまけた。

「熱ちちち！　な、なんだ!?　カップが勝手に……」

座敷わらしの姿が見えない権藤は、大騒ぎだ。

「お召し物の袖《そで》が引っかかったのかもしれませんね。火傷《やけど》なさいませんでしたか？」

店主が優雅にお絞《しぼ》りを差し出すと、権藤はそれを引ったくる。

「わしの大事なところが使い物にならなくなったら大変だ！　病院に行ってくる！」

「あ、あの……」

「おまえは大人しく家へ帰っていろ」

そう言い捨て、権藤は股間を押さえながら、あたふたと店を出て行ってしまった。

後に残された帆南は、突然のできごとにぽかんとするばかりだ。

そしてふと気づくと、もう座敷わらしの姿はどこにもなかった。

すると。

ぷっと噴き出す気配がして、綾人が声を上げて笑い出す。

「わらしちゃん、久々にやったね」

「こら、綾人。お客様の不幸を喜んではいけないよ」

口ではそう窘《たしな》めつつ、カウンターの店主も明らかに笑いを嚙み殺している。

一部始終を見ていたらしい、給仕中の次男も肩をふるわせ、笑いを堪《こら》えているようだ。

「これで続き書けてよかったね」

綾人がそう茶目っ気たっぷりに話しかけてきたので、帆南は狐につままれたような気分のままこくこくと頷いた。

そして今、小さな奇跡は皆が協力して起こしてくれたのだと悟る。

試作品と称し、無料でコーヒーを提供してくれた店主と座敷わらしの、見事な連携プレー。

「あ、ありがとうございます……！」

とりあえずの窮地《きゅうち》を脱し、帆南は再び原稿に没頭することができた。


座敷わらしは、三時のおやつの時間になると毎日姿を現すが、それ以外でも気が向くと時折店に出現するようだ。

帆南が目撃しただけでも、祭壇《さいだん》に座って店の客達を眺めていたり、客のバッグのフリンジを三つ編みにするいたずらをしていた。

すると、それに気づいた客は、座敷わらしの姿が見えなくても「座敷わらしにいたずらされちゃった」と喜んで帰るのだった。

驚いたことに、二人の兄達は三時のおやつだけではなく、三食の食事も座敷わらしの分を少量用意しているらしい。

――わらしちゃんは、この家の家族の一員なんだなぁ……。

そこまで大事にされていて、なんだか座敷わらしが羨ましくなってしまう。

『たまゆら』の優しい人々と共に過ごす、このしあわせな時間が永遠に続けばいい。

心の底から、そう願った。

だが、物事には必ず終わりがやってくる。

いよいよ迎えた、締め切り最終日。

午後七時の閉店時間になってもまだ推敲《すいこう》が終わらず、帆南はやむなく家に帰って残りを仕上げようと席を立った。

すると。

「終わったの？」

カウンター席の隣に座っていた綾人が、そう尋ねる。

「ううん、あとちょっと。今日の夜中の十二時が閉め切りだから、家に帰って頑張るね」

そう答えると、綾人はこともなげに言う。

「そしたら、終わるまで書いていけばいいじゃない。ぼくらも夕ご飯はお店で食べるから」

「え……？　でもそんな……」

コーヒー一杯で一日居させてもらっているというのに、そこまで図々しいことはと遠慮《えんりょ》する帆南だったが。

すると閉店準備を済ませ、カウンターで夕食の支度《したく》をしていた次男が、無言で皿を差し出してくる。

そこには、いかにもおいしそうな、分厚い照り焼きチキンのサンドイッチと、野菜たっぷりのミネストローネがほかほかと湯気を立てていた。

「サンドイッチなら、片手で食べられるから」

それだけぼそりと呟《つぶや》くと、次男は自分達の分をテーブル席に運ぶために行ってしまう。

無愛想だが、そのさりげない優しさに、胸が熱くなった。

「ありがとうございます。いただきます」

好意をありがたく受けることにし、帆南はサンドイッチを囓《かじ》りながらラストスパートに入った。

そんな帆南の姿を、テーブル席で夕食を摂《と》っていた三兄弟と座敷わらしが優しく見守っている。

「できた……！」

最後の見直しを終え、データ送信のエンターキーを押したのは、夜九時五十分。

本当に、ぎりぎりの滑り込みセーフだった。

無事送信された通知を確認して、帆南は一気に全身の力が抜けてしまう。

「間に合ってよかったですね」

カウンターの店主も、そう祝福してくれる。

「ありがとうございます。皆さんに助けていただかなかったら、やり遂《と》げられなかったと思います。本当に、なんてお礼を言ったらいいか……」

だんだん感極まってきて、帆南は三兄弟に向かって深々と頭を下げた。

こんなに全身全霊で朝から晩まで、自分の小説に向き合ったことはなかったかもしれない。

たった一週間だけれど、得がたい経験をさせてもらい、『たまゆら』の三兄弟にはいくら感謝してもし足りなかった。

「綾人はもう寝る時間だぞ」

「え〰〰もうちょっとだけ、いいでしょ?」

「駄目だ。春兄と帆南さんにおやすみなさいをしろ」

「ちぇ〜っ」

唇を尖らせつつも、綾人は次男に促されるまま、二人におやすみなさいの挨拶《あいさつ》をする。

どうやら綾人を寝かしつけてから、兄達は再び店で明日のスイーツの仕込みをするらしい。

次男と綾人が一緒に風呂に入るからと住居部分へ行ってしまったので、店内には帆南と店主の二人きりになった。

なんとなく手持ち無沙汰《ぶさた》になり、帆南は改めて礼を告げる。

「本当に、ありがとうございました。これで心残りなくお嫁に行けます」

「……それで、本当にいいんですか?」

「……」

万が一、奇跡が起こって受賞することができたとしても、自分が権藤の後妻になる運命に変わりはない。

それは投稿にチャレンジする前からわかっていたことだ。

だが、今帆南は人生で初めて、心からやりたいことに没頭し、それをやり遂げることができて、今までにないくらい晴れ晴れとした気分だった。

もうこの先、小説を書くことはできないかもしれないが、最後に自分のすべてを注ぎ込み、大切に紡《つむ》いできた作品を完成させることができて本望だ。

緊張が解け、幾分虚脱状態になりながらも、帆南はパソコンをしまい、帰り支度を調えた。

すると、その時。

「あの……こんな夜中にすみません」

店のドアが開き、おずおずと顔を覗《のぞ》かせたのは、どこかで見たことがある若い女性だった。

「あなたは……」

帆南も、そこでようやく常連の実彩子が以前店に連れてきたことがあるベビーシッターだと気づく。

「く、車で通りかかったら、電気が点いてたから……」

そこまで言うと、なぜか女性は両手で顔を覆い、わっと泣き出してしまった。

「ど、どうしたんですか？」

帆南が慌てて駆け寄って助け起こすと、シッターは帆南に縋りついてきた。

「実彩子さん、今大阪に出張中で連絡してもすぐには帰ってこられないんです。あの人、シングルマザーで身寄りがないから、誰にも連絡できなくて……」

「ちょっと、落ち着いて。なにがあったのか、最初から話してください」

駆けつけた店主がそう宥《なだ》めると、シッターはしゃくりあげながら店の外を指差した。

「結菜ちゃんが……急に高熱を出して、かかりつけの先生に電話したけど、先生も学会で留守で、私もう、どうしていいかわからなくて……」

「結菜ちゃんは連れてきてるんですか?」

その問いに、シッターはこくこくと泣きながら頷《うなず》く。

帆南は頭で考えるより先に、店の外へ飛び出していた。

店から少し離れた道路に停めてあった車に駆け寄ると、後部座席にぐったりとした結菜が毛布にくるまれて横たわっている。

「結菜ちゃん……!」

慌ててドアを開け、抱き起こすと、少女の身体《からだ》は炎のように熱かった。

かなり熱が高い。

痙攣《けいれん》などは起こしていなかったが、呼吸がぜいぜいと苦しそうだ。

「知り合いの、小児科の病院があるんですけど、電話してみましょうか?」

「お、お願いします！」

シッターの許可を得て、帆南は携帯電話を取り出す。

幸い、小さいが保育園時代よくお世話になっていた小児科の医院があり、事情を説明すると直ぐ連れてくるように言ってくれた。

「連絡取れました。結菜ちゃんを連れて行きましょう」

帆南が結菜を抱え、後部座席に乗り込む。

すると店主が言った。

「帆南さんにお任せしてもいいですか？」

そこでようやく、大した知り合いでもない自分が出しゃばってしまったのではないかと我に返る。

「す、すみません、私ったらつい慌てちゃって」

「いいえ、心強いです。実彩子さんにはメールを入れて事情を説明しておきますので、結菜ちゃんをよろしくお願いします」

店主に見送られ、シッターの運転する車で帆南は病院へ向かう。

自宅と一体になっている小さな医院なので、顔馴染《かおなじ》みだった初老の医師はわざわざ起きて結菜をすぐ診察してくれた。

た。

「肺炎を起こしかけているね」

医師の診断結果は初期の肺炎で、二、三日の入院が必要とのことだった。医師はすぐに近くの大学病院に連絡して、結菜を受け入れてくれるように交渉してくれた。

「もう少し遅かったら、もっとひどくなっていたと思いますよ。大丈夫、今の段階なら抗生物質の投与ですぐ回復します」

医師の説明で、帆南はほっとする。

すぐに救急車が到着し、帆南とシッターは同乗して大学病院へ向かう。

シッターが動揺《どうよう》して使い物にならないので、入院の手続きやらなにから、すべて帆南が代わりに済ませた。

病室でベッドに横になって、点滴を打ってもらい、少し楽になったのか、頰《ほお》を真っ赤に染めた結菜が目を開く。

「おてだまの、おねえちゃん……？」

カフェで会った帆南のことがちゃんとわかるのか、結菜が小さな手を伸ばしてきたので、帆南はそれをしっかり握りしめてやった。

「ママは……？」

「ママはすぐ来るからね。もう少し我慢できる？」

「……うん。ゆいな、もうさんさいだもん」

「そっか、偉いなぁ、結菜《な》ちゃんは」

優しく髪を撫でてやると、結菜は安心した様子で再び眠りにつく。

小さな寝息を立てている結菜を見つめていると、そわそわしていたシッターが声をかけてきた。

「あの、これって私のせいじゃないですよね？　身体が弱いなんて、私聞いてなくて。話が違うんで困るんです」

「え……？」

いきなり責任逃れか、と驚いていると。

「病院にいるんだったら、もう安心ですよね。私はすることないみたいなんで、とりあえず今日は帰っていいですか？」

「いや、あのでも……」

まったく無関係な自分に、預かった子を丸投げする気なのかとあっけに取られているうちに、シッターは本当にそのまま帰ってしまった。

困惑して結菜を見下ろすが、少女はしっかりと握った手を離そうとしない。

――まぁ、いいか。どうせもう暇なんだし。

小説を書き終えた今、もうすることもない。

帆南は乗りかかった船だと、そのまま結菜についていてやることにしたのだった。


「結菜……！」

翌朝、悲鳴のような声で帆南は起こされた。

ここ数日まともに寝ていなかったので、結菜の手を握ったまま、どうやらベッドにもたれて眠ってしまったようだ。

血相を変えて病室に飛び込んできたのは、大阪にいるはずの実彩子だった。

『たまゆら』で見かける時はいつもトレーナーにひっつめ髪だが、今日はブランド物のスーツ姿できちんとメイクもしているので、帆南は一瞬誰だかわからなかった。

「実彩子さん」

すると、母の声で目を覚ましたのか、結菜が小さな手で目元を擦っている。

「あ、ママだ！」

母に気づくと、ベッドの上で両手を伸ばしたので、駆け寄った実彩子は力一杯我が子の小さな身体を抱きしめた。

「ああ、よかった……結菜、もう苦しくない？」

「うん。ママがいなくてさびしかったけど、おてだまのおねえちゃんが手をつないでくれたんだよ？」

結菜の話を聞き、実彩子は帆南に向かって深々と頭を下げる。

「春薫さんから、メールで事情を聞いたわ。この病院に入院できたのも、帆南さんのおかげなんですってね。なんてお礼を言ったらいいか……」

「いいえ、私はたいしたことはなにもしてないです。気にしないでください」

「それに引き替え、裕実ちゃんったら。さっきメールで突然辞めますって言ってきたのよ。急に具合が悪くなるなんて、聞いてない、ですって。子どもってのはね、急に熱出すものなのよ。まったくもう！」

と、実彩子は怒り心頭だ。

どうやらシッターはかなり非常識な辞め方をしたようだ。

「出張と伺《うかが》っていたんですけど、お仕事は大丈夫なんですか？」

「それなんだけど、大阪での仕事はなんとかまとめて朝一の新幹線に飛び乗って帰ってきたけど、午後からどうしても抜けられない会議が入ってるの」

本当に困っているらしく、実彩子は腕時計で時間を確認する。

「それで……こんな図々《ずうずう》しいお願いできる立場じゃないんだけど、次のシッターが見つかるまでの間、このまま帆南ちゃんにお願いできないかしら？」

「え……私、ですか？」

「ええ、春薫さんも、帆南ちゃんは保育士の経験も資格もあるし、シッターにするには一推しですよって言ってたわよ」

「店長さんが……？」

思わぬところで評価され、帆南はほんのり胸の内が温かくなった。

今まで一生懸命務めてきて、誰に褒められることもなかったけれど、そのたった一言で報われたような気がした。

「どう？　お願いできる？」

「……わかりました。結婚するまでの間でよければ。もうあまり時間はありませんが」

そう答えると、実彩子はなぜかじっと帆南を見つめている。

「本当に、それでいいの？」

「……え？」

「こないだ、見てたの。権藤さん、この辺りじゃ評判悪くて有名だもの。あんな人のところに後妻に入らなくたって、帆南ちゃんならほかにいくらでもいい縁談があるはずよ。なにか事情があるんでしょう？」

「それは……」

「私でよかったら、話すだけ話してみて。それだけでもすっきりするかもよ？」

その優しい言葉に、ぐらりと心が動く。

そしてふと気づいた時には、今まで誰にも相談できなかった悩みを、帆南は思い切って実彩子に打ち明けていた。

叔父《おじ》の三百万の借金のせいで、祖父母の大切な家が銀行に取り上げられそうになっていること。

手を尽くしたものの、三百万を貸してくれる人が権藤しかいなかったこと。

その代償として後妻に入るのを条件とされたことなど、すべて話した。

恥ずかしかったが、なにもかもさらけ出してしまうと、なぜかぽろぽろと涙が溢《あふ》れてきた。

ああ、自分の心に蓋《ふた》をしていたけれど、こんなに苦しかったんだ、つらかったんだ。

やっとそれを自分で認めることができた。

帆南はしゃくりあげながら涙を拭《ぬぐ》い、実彩子に頭を下げる。

「すみません、こんな話を聞かせてしまって……」

するとたどたどしい帆南の話を聞き終えた実彩子は、腕組みして言った。

「私から、三百万借りる勇気はある？」

「え……？」

一瞬、なにを言われているのか理解できず、帆南は返事に詰まる。

「うちでシッターとして働いて、そのお給料から毎月返済していく。利息は取らないけど、もちろん慈善《じぜん》事業じゃないから、なにがあっても最後まできちんと返済すること。それが約束できるなら、三百万、私が貸してあげる」

あっさり言われ、ようやく内容が理解できたが、あまりに自分に都合のいい内容に帆南はさらに混乱する。

親戚《しんせき》にすら断られたというのに、見ず知らずの赤の他人である実彩子が、なぜ救いの手を差し伸べてくれるのかわからなかった。

「で、でも……どうして私なんかに、そこまでしてくださるんですか？」

緊張のあまり息苦しくなってきて、喘《あえ》ぐように問うと、実彩子は苦笑する。

「どうしてって、あなたは結菜の恩人じゃない。ほかにも理由はいろいろあるわ。私も両親との縁が薄くて、祖父母の許《もと》で育ったの。結婚もうまくいかなかったし、それなりに苦労もしたわ。でも一番の理由は、私もあのカフェで、わらしちゃんに会ったことがあるから、かな」

そういえば店でそんな話をしていたことを、帆南は思い出す。

「結菜を出産直後に離婚して、慰謝料ももらえなくて、養育費用すらままならない、もうどうしようもないくらい切羽詰《せっぱつ》まっていた頃、噂《うわさ》を聞いて藁《わら》にも縋《すが》る思いで『たまゆら』に行ってみたの。そこで、私はわらしちゃんに会えた。そうしたら、結婚前から細々と続けていた子ども服のネット通販がだんだん売れるようになってきて、今では東証二部上場にまで会社が成長したのよ」

「子供服の……？」

帆南の問いに、実彩子が頷《うなず》く。

「そう、マキブランド。私の名字《みようじ》、槙田《まきた》から取ってつけた社名なの」

なんということだろう。

いかにもご近所の主婦といった出《い》で立《た》ちの実彩子が、現在急成長中の子ども服ブランドの女社長だったなんて。

どうりで結菜が、可愛《かわい》らしいマキブランドの服を着ているはずだ。

店でいつもパソコンを開いていたのは、仕事をしていたからだったのか。

帆南は驚きのあまり、しばらく声も出なかった。

「あの日、『たまゆら』に行かなかったら、私は結菜と路頭に迷っていたかもしれない。ただの偶然って言われるかもしれないけど、私は今の成功はわらしちゃんのおかげだと思ってるの。だから、『たまゆら』の近所に引っ越してきて、常連になったのよ。もっとも、私がわらしちゃんに会えたのは、その一回だけなんだけどね」

知らなかった。

まさか、実彩子にも、そんな苦しい時代と、座敷わらしとのエピソードがあったなんて。

「帆南ちゃんも、わらしちゃんに会えたんでしょう？」

「は、はい」

こくりと、帆南も頷く。

「だとしたら、それはあなたがとても困ってる証拠だもの。わらしちゃんに助けられた私に、できるのはそれくらいよ」

だって、さすがにわらしちゃんは帆南ちゃんに三百万貸せないでしょ？　と言い、実彩子はカラカラと笑った。

「権藤さんとの縁談を断って、若い身空《みそら》で三百万の借金を背負うのは並大抵の苦労じゃないと思うけど、その覚悟はある？」

実彩子の問いに、帆南は悩んだ。

確かに三百万円もの大金を返済していくのは、たとえ真面目《まじめ》に働いたとしても相当大変なことだろう。

このまま、権藤のところに嫁《とつ》ぐ方が楽かもしれない。

けれど。

逡巡《しゅんじゅん》は、ほんの一瞬だった。

帆南は椅子《いす》から立ち上がり、実彩子に深々と頭を下げる。

「時間はかかってしまうと思います。でも、働いて必ずお返しすると約束します。ですからどうか……私に三百万貸してください……！」

ありったけの勇気を振り絞《しぼ》って叫び、おずおず顔を上げると、実彩子は会心の笑顔で頷いてくれた。

「よし、その意気だ！　バリバリ働いてもらうからね？」

「……はい！」

心を決めた帆南は、まだ実彩子が病院で結菜に付き添ってくれているうちに、その足で一人権藤の屋敷へと向かった。

結婚話を白紙に戻してほしいと頼むと、当然ながら権藤は烈火のごとく怒った。

「今さらなにを言ってるんだ。そっちが金に困っていたから助けてやろうとしたのに、恩を仇《あだ》で返す気か⁉」

「本当に、申し訳ありません」

さんざん罵声《ばせい》を浴びせられ、客間の畳《たたみ》の上に正座した帆南は、ただひたすらに頭を下げ、謝ることしかできない。

権藤からの結納金《ゆいのうきん》はまだ受け取っていなかったので、返すものもない。

こうなることがわかっていたから、祖父母には黙って来た。

謝るのは、楽な道を選ぼうとした自分一人の役目だと思ったから。

なにを言われても、どれだけ罵《ののし》られても、甘んじて受ける覚悟だった。

「結納は来週なんだぞ！　親戚《しんせき》には連絡してしまったし、わしに恥《はじ》を掻《か》かせるつもりなのか！」

「……本当に、お詫《わ》びの言葉もないです」

なにを言われても、ただ頭を下げ、詫びることしかできない。

小説の中で、果敢《かかん》に魔王に立ち向かっていったように、これからは現実と戦わねば。

そう心に誓い、帆南は決して後へは引かない覚悟だった。

「幾重にもお詫びしますが、すみません。あなたと結婚することはできません」

「な、なんだと⁉」

頭に血が上った権藤が、右手を振り上げる。

殴《なぐ》られることを覚悟し、思わず目を閉じてしまった帆南だったが。

すると、ちょうどお茶を出しに来た初老のハウスキーパーの女性が部屋へ入ってきたので、さすがに権藤も暴力をふるうことはなかった。

女性は、ちらりと気の毒そうに帆南を見つめ、そそくさと退室していく。

「今さらなかったことになどできるか。約束通り、どうあっても嫁《とつ》いでもらうからな」

権藤がそう息巻いた、その時。

玄関のインターフォンが鳴った。

ややあって、さきほどのハウスキーパーの女性があたふたとやってくる。

「だ、旦那様《だんなさま》、あのぅ」

「なんだ！　今取り込み中だぞ」

「そ、それが……」

女性が言いよどんでいるうちに、閉めていた襖《ふすま》がパン！　と大きな音を立てて開け放たれた。

そこには、スーツ姿の男女、総勢十名ほどが大量の折り畳《たた》んだ段ボールを抱えて立っていた。

「なんだ貴様らは？　人の屋敷に勝手に上がりおって！」

権藤が喚《わめ》くと、先頭の男性が身分証を取り出す。

「国税局査察部の者です。これより強制捜査に入らせていただきます。令状はこちらですので」

「な、なんだと⁉」

それを聞き、権藤が一瞬にして血の気を失う。

その隙《すき》に、国税局の人々はてきぱきと花瓶《かびん》を逆さにしたり、畳《たたみ》まで剝《は》がして床下を調べ出す。

実に手慣れた、流れるような作業だった。

「ま、待ってくれ。わしはなにも、やましいことなんぞしとらんです。なにかの間違いじゃないんですかね？」

一転して下手に出る権藤は、令状を提示したリーダーらしき男性について回っている。

もはや帆南のことなど、頭の片隅にもないようだ。

突然のできごとで、すっかり蚊帳《かや》の外に置かれた帆南があっけに取られていると。

さきほどのハウスキーパーの女性が、そっと耳打ちしてきた。

「今のうちに、帰るといいですよ。この様子じゃ、もう結婚話どころじゃないでしょうからね」

いつかはこんなことになるんじゃないかと思っていた、と彼女は続ける。

どうやら権藤の脱税に、うすうす気づいていた様子だ。

「結婚、考え直してよかったですよ。あなたが来たら、タダでこき使える女が来るから、おまえはお払い箱だってさんざん言ってたんですから。いい気味だわ」

彼女にもさんざん暴言を吐いていたらしい権藤は、当然ながら深く恨まれていたようだ。

若い身空で、権藤の餌食《えじき》にされそうだった帆南に同情的だった女性は、国税局の人間に無関係だと説明してくれ、帆南を帰してくれた。

「ありがとうございます、本当に」

何度も礼を言い、帆南は家路についたが、正直まだ夢を見ているような気分だった。

これもすべて、座敷わらしのおかげなのだろうか？

いや、座敷わらしだけの力ではない。

今回、自分を救ってくれたたくさんの人々に、帆南は心から感謝した。

帰宅した帆南は、すぐ祖父母に事の顚末《てんまつ》を報告する。

すると最初から権藤との結婚には反対だった祖父母は、涙を流して喜んでくれたのだった。

◇　◇　◇

「こんにちはぁ！」

愛らしい声でそう挨拶《あいさつ》し、元気よく店内へ駆け込んできたのは、三歳半になった結菜だ。

今日も、母がデザインした可愛《かわい》らしいマキブランドのブラウスにスカートでキメている。

「結菜ちゃん、走ったら危ないよ」

その後を慌てて追ってきたのは、帆南だ。

やんちゃな娘を帆南に任せた実彩子は、最後にのんびりとカウンター席へやってきて、店主に話しかける。

「今日は天気がいいからお散歩して、三人でお茶しに来たのよ」

「毎度ご贔屓《ひいき》にしていただき、ありがとうございます」

帆南がてきぱきと子ども用椅子をセットして結菜を座らせ、三人並んでカウンター席でのティータイムだ。

また実彩子が座敷わらし達と同じものを食べたがったので、パティシエの次男が腕をふるったメニューを振る舞ってくれた。

今日のおやつは、パンプキンプリンだ。

裏ごししたカボチャの甘みが濃厚で、帆南は思わず結菜と顔を見合わせて「おいしいね」と笑顔になってしまう。

「実彩子さんから聞きましたよ。新人賞、佳作受賞されたとか。おめでとうございます」

「あ、ありがとうございます」

帆南は頬《ほお》を紅潮させ、お祝いの言葉をくれた店主にぺこりと一礼する。


実彩子から借りた三百万で銀行への借金を返済し、祖父達は自宅を失わずに済んだ。

あれから半年が過ぎ。

帆南は毎日結菜のシッターとして、通いで実彩子の家に出勤している。

先日新人賞が発表され、今回は大賞の受賞者は該当者《がいとうしゃ》なしだった。

だが、帆南の作品は佳作に選ばれ、なんと賞金の五十万円を手にすることができたのだ。

生まれて初めて出版社の編集者から連絡をもらい、担当となったその男性とこれから受賞作を手直しし、デビューに向けて鋭意執筆中である。

「本当に、まだ夢を見てるみたいです。あの時、皆さんに背中を押してもらえなかったら、今頃どうなっていたか……。本当にありがとうございました」

なんと感謝の気持ちを伝えればいいかわからず、帆南はただ頭を下げることしかできなかった。

「入賞したのは、帆南さんの実力ですよ。早くデビューが決まるといいですね」

「はい……！」

「もう一つ、いいことがあったのよね。帆南ちゃん」

実彩子に水を向けられ、帆南は頷《うなず》く。

三百万を手に出奔《しゅっぽん》していた叔父《おじ》が、先日急に家にやってきたのだ。

金をだまし取るつもりではなかったと詫び、今まで生活費に半分ほど使ってしまったが、良心の呵責《かしゃく》に耐えかねて残りを返しにきたと言っていた。

賞金と、叔父の返金で帆南の借金はだいぶ軽くなり、借金の完済日もぐっと間近になった。

だが、返済が終わっても結菜のベビーシッターの仕事は続けさせてもらう気だ。

まだまだ、小説一本で食べていけるようになるのは先のことだろうから。

権藤は約二億円の脱税で、所得税法違反の罪で懲役《ちょうえき》一年半、執行猶予《しっこうゆうよ》三年の判決が出たようだ。

新聞にもでかでかと報じられてしまい、すっかり大人しくなった権藤は屋敷に引きこもり、近所にも顔を見せなくなったらしい。

あの様子では、当分結婚どころではないだろう。

本当に、あの日勇気を出してこの店に来なかったら？

座敷わらしを目撃していなかったら？

必死に頑張って、新人賞に応募していなかったら？

ほとんど奇跡のような偶然の積み重なりのおかげで、自分の運命は百八十度変わった。

本当に、いくら礼を言っても言い足りなかった。

帆南は、新しく作ってきたお手玉を取り出し、座敷席の祭壇《さいだん》にお供えし、両手を合わせる。

もう、帆南には座敷わらしの姿は見えない。

けれどそれは、自分が困難から救われた証拠なのだと感じている。

——わらしちゃん、ほんとにありがとう。

自分が実彩子に助けてもらったように、いつかきっと困っている人の力になりたい。

それが、新しい帆南の目標になったのだった。

# 田沼康司の懊悩

Chou à la crème aux fraises

もともと、今までの人生もさして運のいい方だと思わず生きてきた。

くじ引きではいつも外れのティッシュばかりだったし、学生時代、好きな女の子の隣の席を引けた試しがなく、いつも教師の真正面の席だった。

だが、今回ばかりはそんな些細《ささい》なアンラッキーとは訳が違う。

――まさか、俺がリストラの対象になるなんて。

田沼康司《たぬまこうじ》は、満員電車の中でもう何度目かわからないため息をつく。

が、するとすぐ前に立っていた女子高生に振り返って睨《にら》まれ、舌打ちされてしまった。

「す、すみません」

やれやれ、ため息すら好きにつけない世の中か、と気分はさらに憂鬱《ゆううつ》になる。

この世に生をうけて、四十五年。

きわめて平凡ではあるが、真面目《まじめ》にコツコツ働いてきた。

会社は決して大手とは言えない、いわゆる中小企業を絵に描いたような健康食品の会社で、田沼は大学卒業後入社して以来、二十年以上そこに籍を置いてきた。

さまざまな部署を経て、今の営業二課に配属されたのは、今から約五年前のことだ。

もともと引っ込み思案で、とても営業向きの性格ではなかったので、最初に営業部に配属された時には目の前が真っ暗になったが、それでも妻子を持つ身としては簡単に会社を辞めるわけにもいかず、石に齧《かじ》りつく思いで頑張った。

会話術の本を読んだり、自社製品の売りをまとめ、顧客《こきゃく》になにを聞かれても即座に答えられるように暗記したり、地道な努力を続け、少しずつではあるが営業成績も上がってきた。

よし、この調子で頑張るぞとさらに張り切っていた頃だ、あの男が営業二課に配属されてきたのは。

彼、米田寿《よねだひさし》は専務の甥《おい》で、つまりは完全なる縁故採用だ。

身内の権力を笠《かさ》に着てはやりたい放題の、社内でもきわめて評判の悪い男だった。

それでも専務の後押しのおかげか、三十代後半の若さで異例の出世を果たし、二年前、営業二課の課長として配属されてきたのだ。

米田は仕事もできない男だったが、それに輪をかけて気分屋で、人の好き嫌いが激しく、横暴だった。

課内でも大人しく、目立たない田沼は格好の標的にされ、ことあるごとに営業成績が悪い、使えないと公衆の面前で罵倒《ばとう》されるようになった。

部内の人間は陰では田沼に同情しつつも、内心自分が米田のストレス解消のはけ口にされずに済んでほっとしているようだった。

聞けば、前の部署でもこうして米田の餌食《えじき》にされる部下がいたらしい。

つまりは、自分は生《い》け贄《にえ》なのだ。

年下の上司に理不尽《りふじん》なことで叱《しか》り飛ばされる日々だったが、田沼はなんとか耐えた。

田沼には大学二年の息子と、高校二年になる娘がいる。

私大に通う息子の学費もかなりの負担だが、娘の方も四大に行きたいなどと言い出しているので、教育費のことを考えれば、たかがパワハラごときで会社を辞めるわけにはいかなかったのだ。

そのうち気が済んで、米田の態度も変わるかもしれない。

そんな一縷《いちる》の望みに縋《すが》り、嵐が通り過ぎるのを待っていた田沼だったが、一年過ぎても二年過ぎても米田のいびりは止むことなく、ますます悪化していった。

飲み会の席でも田沼だけが延々と説教され、「使えねぇなぁ」「会社辞めろよ」などと冗談めかして罵倒される。

いつも笑って聞き流していた田沼だったが、いつ些細《ささい》なことで怒鳴られるか、揚《あ》げ足を取られるか、びくびくする日々が続き、精神的に追い込まれた田沼はいつしか体重が十キロ近く落ちていた。

食欲もなく、頬もこけ、朝はだるくて布団から起き上がれないことが多くなったが、それでも歯を食いしばり、一日も会社を休むことはなかった。

それだけが、なけなしの田沼の意地だったのだ。

だが、そんなささやかな矜持《きょうじ》も、権力の前ではなんの意味もなかった。

この不景気で売り上げが激減した会社は自主退職者を募《つの》り、それが規定人数に達しなかったのでさらにリストラを敢行《かんこう》したのだ。

そして、田沼はそのリストに名前が加えられていた。

営業部にはあきらかに田沼よりも成績の悪い社員がいるのに、対象は田沼一人。

人事部長と仲のいい米田が、田沼を槍玉にあげたのは明らかだった。

「まぁ、そういうことだから」

そんな軽い通告だけで、田沼は今日、長年勤めた会社を退職する。

数日前、部内での送別会は開いてもらったが、さすがにバツが悪かったのか、米田は最初だけ顔を出し、すぐ帰ってしまった。

同僚達は皆米田の横暴に憤慨《ふんがい》し、田沼に同情してくれるものの、さりとてなにをしてくれるわけではない。

しかたがない、皆家庭があるし、なにより我が身が一番可愛《かわい》いのだ。

定番の花束を贈られたが、こんなものを持って帰ったら妻に不審がられてしまう。

田沼はまだ、妻にリストラのことを打ち明けられずにいたのだ。

一人になった帰り道、田沼は長い間お疲れさまでしたと贈られた花束を、こっそりゴミ箱に捨てた。

自分の人生の大半を捧げ、身を粉《こ》にして働いてきたその報酬《ほうしゅう》が、リストラとこの花束一つなのかと思うと、むなしさで涙も出なかった。

まともに息もつけないくらいの満員電車から吐き出され、田沼は二十数年通い続けた道を最後に進む。

会社に着いても、もう仕事はないので粛々《しゅくしゅく》とデスクの私物を片付けるだけだ。

同僚達の哀れみの視線を感じるのがつらくて、田沼は努めて明るく振る舞った。

長年勤めた会社を、こんな望まぬ形で去ることになるなんて、入社した時は夢にも思わなかった。

感慨《かんがい》より空《むな》しさが先に立ち、今まで抑えてきた憤《いきどお》りがふつふつと込み上げてくる。

だが、拷問《ごうもん》のような最後の一日を、田沼は明日から自分のものではなくなるデスクに座り、じっと耐えた。

そして、定時を迎え。

最後に、デスクにいる米田に挨拶《あいさつ》に赴《おもむ》く。

「課長、短い間でしたが、お世話になりました」

丁寧《ていねい》に一礼し、そう挨拶したが、反面米田は田沼と目を合わせようともせず、パソコン画面を見たまま「あ、お疲れさん」と言っただけだった。

その不遜《ふそん》な態度に、さしもの大人しい田沼の内に一瞬の激情が湧き上がる。

この男のせいで、なにもかも失った。

報復するなら、これが最後のチャンスだ。

眼鏡をかけ直し、拳《こぶし》をぐっと握りしめる。

一発殴《なぐ》りつけてやったら、この男はどんな顔をするだろう？

見かけによらず気が小さいので、大騒ぎをして警察を呼ぶかもしれない。

そこまで考え、家族の顔が脳裏《のうり》をよぎった。

いつまでも塑像《そぞう》のように立ち尽くし、動かない田沼に、米田がようやく不審げに顔を上げる。

「なに？　まだなにか用？」

「……いえ、失礼します」

震える拳を握りしめ、田沼はついに妄想を実行に移すことはできなかったのだ。

「あなた、今日は遅くなるの？」

朝食を食べ終えると、妻の顕子《あきこ》は毎朝、決まって田沼にこう尋ねる。

「い、いや、今日は早いと思うよ」

「そう？　夕飯食べてくるなら、ちゃんと電話してよ。一人分無駄になっちゃうんだから」

夕飯がいらないなら必ず電話をして、が結婚以来の妻の口癖《くちぐせ》だ。

若い頃、何度か急な飲み会に誘われ、うっかり電話しなかったことがあったのだが、それ以来もう何百回、いや何千回と同じセリフを聞かされる羽目になった。

リストラ要員になった最近では残業もなく、夕飯を外で済ませてくることなどほとんどなかったというのに、妻はそんなことにも気づいていないのだろうか。

――しかたない。もう俺になんか、なんの関心もないんだろうしな。

妻の関心はもっぱら二人の子どもに注がれており、田沼は自分がＡＴＭになった気さえする。

家のローンのためにスーパーでレジ打ちのパートをする妻に、大学二年になる息子と高校二年になる娘の四人家族。

一見どこにでもありそうな平凡な家族だが、子ども達は最近田沼と口を利《き》こうともしないし、皆心はバラバラだ。

「久志《ひさし》はバイトばかりで家にほとんどいないし、絵美《えみ》は来年受験だっていうのに、友達と遊んでばかりなのよ。四大行かせるのに、学費がいくらかかるか、わかってるのかしらね。あなたからも一度、ちゃんと言ってよ。本気で受験する気なら、ちゃんと勉強しろって」

「あ、あぁ、そのうちな」

「もう、本当に頼りにならないんだから」

「ち、遅刻するから、そろそろ行かないと。いってきます」

これ以上話が長引く前に、と田沼はそそくさと部屋を出た。

這々《ほうほう》の体《てい》でエレベーターを降り、マンションの三階にある我が家を振り返る。

通勤に往復三時間近くかかるけれど、十年前、必死に頭金を貯めてようやく手に入れた念願のマイホームだ。

失業手当が出るうちはいいが、それまでになんとしても次の仕事を見つけなければ、まだたっぷり残っているローンの支払いも滞《とどこお》る。

その場面を想像するだけで、ぞっとした。

いつもと同じスーツ姿で、田沼はその必要もないのに、いつもの満員電車にもみくちゃにされにいく。

だが、向かう先は会社ではなく、ハローワークだ。

万が一会社の人間と出くわすのはバツが悪いので、少し手前の駅で降りてとにかく仕事を探す。

が、四十を半ばも過ぎた田沼に、希望通りの職を見つけるのは難しかった。

よしんばあったとしても、給料は前の会社より格段に落ちる条件の募集ばかりだ。

一日ハローワークに居座るわけにもいかないので、田沼はいつものように立ち食いそばで簡単な昼食を済ませると後は図書館で本を読んだり、天気のいい日は公園でぼんやり過ごして時間を潰した。

なにせ、少しでも節約しなければならないので、そうそう喫茶店《きっさてん》に入るわけにもいかない。

そのうち、自宅と会社の間にある駅のハローワークと図書館の場所はすべて網羅《もうら》してしまった。

——まずい、まずいぞ、これは……。

なんとか見つけ出した、小さな文房具メーカーの営業の仕事も、一次面接であっさり断られてしまい、自然帰り道の足取りは重くなる。

自分のキャリアがあれば、多少条件は悪くなったとしてもすぐ次の仕事は見つかるのでは、などと思っていたが、どうやらその考えは甘かったようだ。

リストラされてから、早一ヶ月。

田沼はいまだ会社に通うふりをして、家を出る生活を続けていた。

妻には、とにかく次の仕事が見つかってからリストラの件を打ち明けようと思っていたのに、まさかこんなに次の職探しが難航するとは誤算だった。

一ヶ月も経ってしまうと、なぜすぐ言わなかったのだと責められるので、今まで以上に言い出せなくなる。

もともと隠し事が苦手な性格なので、田沼はますます家にも居場所がなくなった。

「今日は？　帰りは早いの？」

「あぁ、いつも通り、夕飯は家で食べるよ」

『出勤』前、いつものやりとりを妻としていると、朝シャワーを浴びてきたらしい娘がリビングにやってきた。

いつも田沼の出勤時間には寝ているので、顔を見るのは珍しい。

「あなた」

妻に目配せされ、田沼は胃がきりきりと痛んだが、ここでなにもしなければ妻の機嫌が悪くなるのは確実だ。

「え、絵美。最近どうだ？　勉強は頑張ってるのか？」

やっとの思いでそう声をかけるが、冷蔵庫からジュースを出した娘は冷たく田沼を一瞥《いちべつ》し、「は？　なにそれ。うっざ」と言い捨てるとそのまま自分の部屋へ行ってしまった。

「まったく、頼りにならないわねぇ。もっとびしっと言ってやってよ」

「……すまない」

父親としての威厳が皆無の自分では、子ども達にバカにされてもしかたがないのかもしれない。

「も、もう行かないと」

そそくさと逃げ出す背中に、聞こえよがしな妻のため息が追いかけてくる。

なにも、そんなに露骨に態度に出さずともいいではないか。

そう言い返したいのをぐっと堪《こら》え、田沼は駅へと急ぎ、電車に駆け込む。

これに乗り遅れたところで誰が困るわけでもないのに、いつもの電車の時間にこだわってしまう己の愚かしさに笑えてくる。

さて、今日はどこの駅で降りようか。

面接に落ち続け、著《いちじる》しく自信をなくした田沼は、次第にハローワークに割《さ》く時間が短くなっていた。

職探しをすれば現実と向き合わなければならず、胃が痛くなるが、さりとて一月も経つと時間の潰し方にも限界を感じる。

定年退職して時間ができたら、妻と温泉旅行でもしてのんびり過ごそう、そんな漠然《ばくぜん》とした展望はあったが、こうして予想外に時間ができてしまうと、なにをしていいかわからなくて困惑してしまう。

図書館で本を読んで過ごした田沼は、いつものように立ち食いそばで昼食を済ませ、近くにあった公園に向かった。

ベンチには長居できるものの、平日の昼にスーツ姿のサラリーマンがいつまでもぼうっとしている姿はそれなりに目立ってしまう。

近くの砂場で小さな女の子を遊ばせていた母親が、さきほどからちらちらとこちらの様子を窺《うかが》っているので、居心地が悪くなった田沼はベンチから立ち上がった。

もしかしたら、子どもを誘拐《ゆうかい》するために物色していると思われてしまったかもしれない。

そんな妄想が広がり、耐えられなくなる。

なぜ、真面目《まじめ》に働いてきた自分が、こんな惨《みじ》めな目に遭《あ》わなければならないのか。

職場を失い、家では家族にも疎《うと》んじられ、どこにも居場所がない。

公園を出てあてもなく歩いているうちに、いつのまにか交通量の多い幹線道路沿いに出ていた。

無数の車が、かなりの速度で目の前を走り去っていく。

今、ここで一歩前へ踏み出せば、この苦痛は終わり、すべての悩みから解放される。

その甘い誘惑は、唐突《とうとつ》に田沼を支配した。

もう、なにもかもに疲れてしまった。

どうせ生きていたって、いいことなんてなにもない。

生き甲斐《がい》なんて、とうの昔に見失ってしまった。

自分がいなくなったところで、家族は悲しみもしないに違いない。

自殺では保険金は下りないが、事故であれば家のローンがチャラになる保険に入っている。

そうだ、いっそその方が家族は喜ぶかもしれないではないか。

がくがくと震える膝で、一歩踏み出しかけた、その時。

派手にクラクションを鳴らされ、そのけたたましい音が田沼を妄想の世界から現実へと引き戻した。

慌てて身を引くと、鼻先を掠《かす》めるように大型トラックが通過していき、全身からどっと冷や汗が噴き出す。

――な、なにをやってるんだ、俺は。

ついに自殺を考えるまでに追い詰められた精神状態なのが、ショックだった。

こんなことではいけない。

なんとかして、一日も早く元の生活に戻らなければ。

とにかく仕事さえ見つかれば、すべてがうまくいくはずなのだから、と田沼は必死に自分に言い聞かせ、再び歩き始めた。


「行ってきます」

そう声をかけるが、キッチンにいる妻はこちらを振り向きもせず、食器洗いに没頭している。

なにが気に入らないのか、ここ数日、妻はいつも以上にぴりぴりした雰囲気《ふんいき》で機嫌が悪く、田沼とは口も利《き》いてくれない。

もしかして、リストラされたことがバレてしまったのではないか？

それが不安で、問い質《ただ》すこともできず、田沼はいつものようにそそくさと『出勤』した。

このところ会社時代より単調な毎日の繰り返しで、日にちの感覚がなく、今日が何曜日なのかも定かではない。

さぁ、今日も長い一日が始まる。

いつもの電車に乗り、なんとなく今までほとんど降りたことがなかった駅で降りてみる。

すると、その駅には江《え》ノ電《でん》乗り場があったので、田沼はふらりと乗り場へ入ってみた。

長年、通勤するのに通り過ぎるだけで、今まで一度も乗ったことのない電車だ。

どれ、この機会に乗ってみるかと、たまたまホームに滑り込んできた緑色の車体の電車に乗ってみる。

やがて発車した電車は民家の軒先《のきさき》すれすれを通過し、途中湘南《しょうなん》の海も見えた。

思わぬ景色の美しさに、少しだけ観光気分が盛り上がる。

神奈川に住んでそれなりになるが、こんな近くに、こんなに美しい風景があったなんて知らなかった。

いや、今まで心に余裕がなくて、単に気づけなかっただけなのかもしれない。

車窓からの眺めを食い入るように見ていると、小高い山の中腹に古民家があるのが目に留まった。

江ノ電は区間が短く、あっという間に次の停車駅へ到着する。

なんとなくさきほどの古民家が気になって、田沼はその駅で気まぐれに降りてみた。

駅員のいない小さな無人駅の名は『幸福《こうふく》ケ森《もり》駅』。

聞いたことのない駅名だが、今日はこの街を自由に散策してみよう。

そう決めると、今日一日の予定ができてほっとした。

天気もよく、まさに行楽日和《びより》で、田沼は久々に憂鬱《ゆううつ》な気分から解放され、見知らぬ土地での散策を楽しんだ。

小さな駅前にあるこぢんまりとした商店街を抜け、ぶらぶら海の方角へ歩いていく。

海を見るのも久しぶりで、自然と心が浮き立った。

途中自販機で缶コーヒーを買い、海が見える小さな公園で休憩する。

なにもせず、ただぼんやりと寄せては返す波を眺めているだけで、ストレスが抜けていく気がした。

まるでこの波で、心まで洗われていくようだ。

そう、これだ。

最近日々の生活に追われ、自然と触れ合い、癒《い》やされることが皆無だった。

リストラされ、こんな時間を持てるようになったのだから、吉凶《きっきょう》あざなえる縄のごとしだと田沼はいいこと探しをしてみる。

波の音のヒーリング効果をたっぷりと堪能《たんのう》し、大きく伸びをすると、周囲の景色をぐるりと見回す。

湘南は海と山に囲まれた、風光明媚《ふうこうめいび》な土地だ。

その駅は海側が南口、そして山側が北口となっている。

歩いて駅にも行けるし、遊歩道をくぐって山側に抜ければ、すぐ山へ向かう坂道があり、その中腹にさきほど電車の中から見えたあの古民家があった。

――あれくらいの家は、築百年近く経ってるな。うちの実家に似てる。

田沼の実家は東北で、先祖代々から受け継いだ造り酒屋だ。

広い土地と酒蔵、築百年を超す年代物の屋敷には、家業を継いだ長男夫婦と年老いた母が暮らしている。

そういえば、久しく帰省していないなと気づく。

田沼は母の顔を見に行きたいのだが、妻が田舎《いなか》を嫌い、同行をいやがるせいですっかり足が遠のいていた。

子ども達も、小さい頃は喜んでついてきたが、最近ではなにもないところでつまらないから行きたくない、などと生意気な口を利《き》く。

——母さん、元気かな。

一人でも会いに行きたかったが、悲しいかな、現状では往復の新幹線代を捻出《ねんしゅつ》することも難しい。

特にあてのある旅ではないので、田沼は立ち上がり、なんとなくその古民家を目指してみることにした。

遊歩道を渡って山側へと移動し、ぶらぶらとなだらかな坂を上り、歩くことしばらく。

鬱蒼《うっそう》と茂った木立の奥に、ようやく目的の建物が見えてくる。

家の前には手書きで『OPEN』と書かれた小さな看板とメニュー表がかかっていた。

——カフェだったのか。

今流行《はや》りの、古民家カフェとかいうやつなのだろうと田沼は納得する。

そういえば、昼を食べ損《そこ》ねていたのでかなり空腹だ。

建物の内部も見てみたいし、少し贅沢《ぜいたく》だが今日はここでランチを摂《と》ろうか。

店の前でそう思案していると、ふいにタタッと小さな足音がして、ランドセルを背負った子どもが田沼の脇を駆け抜けた。

年の頃は、七、八歳くらいだろうか。

ずいぶんと可愛《かわい》らしい顔立ちをした少年だ。

突然の美少年の登場にびっくりしていると、カフェの扉に手をかけた少年は田沼を振り返った。

そして、にっこりする。

「いらっしゃい。入ったら？」

「あ、あぁ、そうだね」

どうやらこのカフェの家の子らしい。

そう誘われたことで覚悟が決まり、田沼は少年に続いて入り口の扉をくぐった。

周囲にあまり人気《ひとけ》はなかったというのに、店内はほとんどの席が埋まっているほどの盛況ぶりだ。

カウンターには店主らしき青年が一人、給仕にもう一人と二人で店を切り盛りしているらしく、忙しそうだ。

客層はやはり若い女性が多く、中年サラリーマンとしては肩身が狭い。

混んでいるのでやはりやめようかと悩んでいると、少年が田沼を手招きして言った。

「おじさん、こっち。ぼくの席に座らせてあげる」

そう言って少年が指差したのは、店の座敷席の手前にある席だった。

その四人がけの丸テーブルには、『予約席』とプレートが置かれている。

そしてその席の背後にはなにやら祭壇《さいだん》のようなコーナーが設けられていて、なぜかたくさんのぬいぐるみや人形、菓子など子どもが喜びそうなものが置かれていた。

――なんだ、これは？

不思議に思いつつも、「いいのかい？」と問うと、少年はこくりと頷《うなず》いた。

なんとなく言われるままに靴《くつ》を脱いで座敷席へ上がり、左隅の席に着くと、少年は向かいの席にランドセルを置き、給仕をしていた青年に駆け寄った。

「ただいま、煌兄《こうにい》！」

「お帰り、綾人《あやと》」
二十二、三歳くらいだろうか、長身でがっしりとした体躯《たいく》をして、コックコートにギャルソン風黒エプロンをつけた青年は無骨な見かけに反し、優しい笑顔で少年を出迎える。
どうやら二人は兄弟らしい。

ずいぶん年が離れているんだな、と思ってみていると、綾人と呼ばれた少年はこちらのテーブルを指差し、兄になにごとかを耳打ちしていた。

そして、こちらに向かって「おじさん、ランチでいい？」と聞いてきたので慌てて頷く。手作り感溢《あふ》れるメニューを見ると、どうやらランチは日替わりで一種類だけらしく、今日はカレーだった。

それから少年は、カウンターの中にいたもう一人の青年にもただいまの挨拶《あいさつ》をし、頭を撫《な》でられてにこにこしている。

こちらは二十七、八歳くらいの、少年と面差《おもざ》しがよく似ている細面《ほそおもて》の美青年だ。

仲の良い三兄弟の様子に、自然と心が和《なご》む。

きょろきょろと店内を見回していると。

「やっぱり見えないね、残念」

「なかなか目撃できるもんじゃないから、しかたないよ。美佳《みか》なんか何回も通って、まだ一回も見れてないって言ってたもん」

ふいに隣の席の、若い女性二人連れの会話が耳に入ってきた。

「でもさ～見てみたかったな、座敷わらし」

――――座敷わらし？

その単語に聞き覚えのある田沼は、かつて子ども時代、祖母から語り聞かされた民話を思い出す。

東北に古くから伝わる伝承で、古くて大きな家に好んで棲《す》みついていると言われる、幼い子どもの姿をした精霊のことだ。

座敷わらしがいる家は栄え、富がもたらされるが、座敷わらしは気まぐれでぷいっと出て行ってしまうこともあり、そうすると家は没落してしまうと言われている。

『うちにも、わらし様がいらっしゃるかもしれないよ』

それが祖母の口癖《くちぐせ》だったが、現実主義の田沼はまるで信じていなかった。

それであの祭壇なのか、と合点《がてん》がいく。

どうやらこの古民家カフェは、座敷わらしが出るというコンセプトを売りにしているようだ。

「確か、真理《まり》は紅い絣《かすり》の着物を着た子どもを見て、就職内定決まったんだよね。いいなあ」

「でもそれ、ほんとに座敷わらしを見た効果だったのかな?」

どうやら大学生で就職活動中らしい二人の話題は、説明会に参加した企業の噂話《うわさばなし》になり、田沼は束《つか》の間《ま》忘れていた現実に引き戻された。

――くだらん。第一、座敷わらしは東北の伝承じゃないか。関東の古民家まで引っ越してきたっていうのか?

座敷わらしに八つ当たりしていると、給仕の青年がトレイに載せたカレーを運んできた。

「鎌倉《かまくら》野菜のチキンカレーです。ごゆっくりどうぞ」

伏し目がちに言って、青年は視線も合わせようとせずカレーを置いていってしまう。

接客業に向いていない無骨な印象で、まったく今時の若いもんは、と田沼は口うるさい年寄りのようなことを考える。

正直味に期待はしていなかったのだが、カレーは珍しい鎌倉野菜がゴロゴロ入っていて、とてもおいしかった。

なにより最近の小洒落《こじゃれ》たタイカレーやらグリーンカレーやらではなく、日本人には馴染《なじ》みのあるカレーに近いところがいい。

空腹だったので一気に平らげてしまうが、なんだか食べた気がしない。

物足りないのでスイーツも注文してしまおうか、いやいや、そんな贅沢《ぜいたく》はできないと葛《かっ》藤《とう》していると。

「今日のおやつ、なに?」

「苺《いちご》シュークリームだよ」

「やったぁ!」

カウンターの美青年からメニューを聞き出した綾人はぴょんと飛び跳ね、予約席へ戻ってくる。

「今日のおやつ、苺シュークリームだって！」

どうやらこの予約席は、少年がおやつを食べる席らしい。

「へぇ、おいしそうだね」

手作りのシュークリームなど食べたことがないが、きっとうまいのだろう。

――そういえば絵美が小さい頃、よく買って帰ったなぁ。

絵美は大の甘党で、今でもよく友達とスイーツの食べ歩きなどしているようだが、小学生の頃は田沼の会社の近くにある小さな洋菓子店のシュークリームが大好物だったのだ。

――絵美、お父さんの買ってきてくれるシュークリームが一番好き！

そんな可愛らしいことを言ってくれていた娘は、今ではろくに口も利《き》いてくれない。

そんなことをつらつら考え、思わずため息をつくと、そこで座敷席のある客間の柱に飾られていた古い柱時計が、ボーンボーンと重い音を立て、三時を知らせる鐘を鳴らした。

席に座らせてくれた礼に少年の話し相手になっていると、田沼の視界の片隅をちらりと赤いものがよぎる。

なんだろうと思って視線を向けると、少年の向かいの空いた席にいつのまにか少女がちょこんと正座していた。

——え……？

田沼は我が目を疑い、思わず二度見してしまう。
四、五歳くらいのおかっぱ頭の少女は、赤い絣の着物姿だったのだ。
今の時代、こんな格好を子どもにさせている親がいるとは思えない。

——こ、これが座敷わらしなのか……⁉

驚きのあまり、硬直していた田沼だったが、ようやく我に返り、周囲を見回す。

こんな目立つ格好をした子どもがいたら、注目の的《まと》になるはずなのに、なぜか誰も反応を示していない。

——もしかして、他の人達には見えていないのか……？

それではこの少年はどうなのだろう、と思わず綾人を見ると、少年はそんな田沼の考えを見透かしたようににっこり笑って言った。

「おじさん、わらしちゃん見えるんでしょ？　だから特別に座らせてあげたんだよ」

「き、きみも見えるのか？　この女の子が」

「うん。わらしちゃんはぼくの友達だから」

すると、そこへさっきの給仕の青年がトレイに苺シュークリームと麦茶を載せてやってきた。

そして少年と少女の前に麦茶と皿に載った苺シュークリームを一つずつ置き、それから田沼の前にも一皿置く。

「試作品なんでサービスです。よかったらどうぞ」

素っ気なくそれだけ言い置き、無愛想な青年はそのまま行ってしまう。

「いただきまぁす！」

田沼の困惑を尻目に、元気よく挨拶した綾人がシュークリームにかぶりつく。

見ると、きちんと正座した座敷わらしも同じように小さな口で頬張《ほおば》っていた。

整った、愛らしい顔立ちの美少女だが表情がなく、淡々と頬張っているがおいしいのは伝わってくる。

田沼は目の前の苺シュークリームに視線を落とし、自分も恐る恐るそれを手に取って口へ運んだ。

さくっと焼かれたシュー皮の中には、カスタードクリームとホイップクリームがたっぷり詰まっていて、ほどよい甘さだ。

そこに大粒の苺が丸ごと挟んであって、その爽《さわ》やかな酸味が相まって絶妙なおいしさだった。

田沼も甘いものは嫌いではないので、つい一気に食べてしまう。

ふと顔を上げると、綾人と座敷わらしも苺シュークリームを平らげ、麦茶を飲み干したところだった。

「ごちそうさま、おいしかったぁ」

綾人が、満足げに言う。

無邪気で可愛いなと、今はすっかり大きくなってしまった長男の子どもの頃を思い出しながら、次に顔を向けるともう座敷わらしの姿はなかった。

席の前には、さきほど平らげたはずの苺シュークリームと麦茶が手つかずのままで残されている。

「わらしちゃん、ほんとには食べられないんだ。でもね、わらしちゃんが食べた後のを食べてみると、おいしくなくなってるんだよ」

綾人が、そう教えてくれる。

それを聞いて、田沼は再び子どもの頃よく聞かされた祖母の言葉を思い出した。

代々本家として先祖の菩提《ぼだい》を弔《とむら》ってきた実家には大きな仏壇《ぶつだん》があり、毎朝お茶と炊《た》きたてのごはんをお供えするのが習慣だった。

姑《しゅうとめ》である曾祖母《そうそぼ》が亡くなると祖母がその役目を引き継ぎ、その日課を欠かさず続けてきたが、お供えしたごはんは少しするとすぐ下げて、それが祖母の朝食になった。

「仏様が召し上がった後だとね、ごはんの味が落ちるんだよ。でもそれは、仏様が満足してくださった証拠だからね」

それが祖母の口癖《くちぐせ》だった。

子ども時代、田沼も好奇心から一口もらったことがあったが、なるほど言われてみるとそんな気がしたものだ。

しかしそんな古めかしい話を、こんな少年が知っているとも思えない。

困惑する田沼をよそに、少年は手つかずの苺シュークリームと麦茶を座敷わらしの祭壇前にお供えし、感心なことに自分の皿はカウンターまで下げに行った。

どうやらそれが少年の毎日の日課のようで、動作に迷いがない。

と、そこで田沼は自分のテーブルに伝票が置かれていないことに気づいた。

そこで、再び席に戻ってきた綾人にそれを告げると、少年は「お金は次に来た時でいいよ。その代わり、また来てね」とこともなげに言った。

「そ、そういう訳にはいかないよ。今日の分はちゃんと払わないと」

田沼はそう主張したが、すると少年は少し思案し、ノートの切れ端を取り出してなにか書き始めた。

書き終えると、それを田沼に渡して寄越す。

そこには『しゃくようしょ　カレー代　９５０円』と書かれていた。

「おじさんは特別だから、ほかの人にはないしょだよ」

じゃあね、と小さな手を振り、少年はランドセルを手にカウンター席へ移動していった。

そこでノートを広げ、宿題を始める。

時折、カウンター内の美青年がわからない問題を見てやっているのか、ノートを覗《のぞ》き込んでいる姿が微笑《ほほえ》ましい。

——参ったな……。

こんな子どもの落書きで、借用書としての効果があるとも思えない。

特別だから、とあの子は言ったが、この店では座敷わらしが見えた者にはこういう対応を取っているのだろうか？

困った田沼は、一応さっきの給仕の青年に手を上げてサインを送ってみたが、店がたて込んでいるらしくこちらを見てももらえない。

やむなく田沼は席を立ち、店を後にした。

無銭飲食と追いかけられたらどうしよう、と外へ出るまでびくびくしていたが、予想に反して誰も後を追ってはこなかった。

これでもう一度、この店に来なければならなくなったわけだ。

田沼は最後に建物を見上げ、振り返る。

店内にも古い木材の香りが漂っていて、ひどく心が落ち着いた。

奇妙な店ではあるが居心地がよく、また来たいと足を運ばせるなにかがあるような気がした。

――待てよ、座敷わらしを見られたんだから、俺にもいいことがあるんじゃないのか？

女性達の噂話を鵜呑《うの》みにしたわけではないが、もしかして再就職先が見つかるのでは、と淡い期待を抱いてしまう。

なんのかんの言っても、またここへ来られる口実ができたことを、内心喜んでいる自分に田沼は気づいたのだった。


こうして、偶然不思議な古民家カフェで座敷わらしを目撃したことで、田沼はもう少し頑張ってみようと奮《ふる》い立ち、一度は足が遠のいたハローワークへ再び通い始めた。

が、微《かす》かな期待に反し、希望条件に近い仕事は一向に見つからない。

――なんだ。座敷わらしを見たって、いいことなんかなにもないじゃないか。

やはりあれは気のせいか見間違いで、座敷わらしなんて実在するわけがなかったのだと田沼はふて腐れた。

最近では家に帰っても誰かしらいないし、妻に子ども達の帰りが遅いな、などと話しかけても無視され、口も利いてもらえない。

子ども達はろくに目も合わせてくれないし、いつも家にいないし、なにをしているのかもわからない。

小さい頃はあんなにパパパパと甘えてきたくせに、年頃になると、まるで一人で大きくなったような顔をするのだ。

――もうこの家にとって、俺はいらない人間になったんだ。

いてもいなくても、誰も心配しないし、むしろいなくなったらせいせいすると日々思われているのだろう。

そんなこと、とうの昔からわかっていたが、こんなに骨身に染みるのは、やはり職を失ったからなのだろう。

唯一、給料を稼《かせ》いで家族を養っているという自負だけが田沼を支えていた矜持《きょうじ》だったのに、今はそれすら失ってしまった。

ますます家族がばらばらになってしまったようで、田沼の焦燥《しょうそう》とストレスは極限に達していた。

妻はきっと、リストラに気づいているに違いない。

それを隠している田沼に腹を立て、ストライキを決め込んでいるんだ、きっと。

だが、恐ろしくてそれを確認する勇気がない。

次第に妄想が田沼を支配し、ひと時も心安まることはなかった。

絶え間ない胃痛で食べ物は喉《のど》を通らないし、なにを食べても食べた気がしない。

夜もほとんど眠れないので、このままでは病気になってしまうのではないかという不安もあった。

それでも、田沼は毎朝『出勤』するのを止められなかった。

それをやめてしまったら、本当にすべてを失ってしまうような気がして、怖かったのだ。

家にいる時間を少しでも減らすために、田沼の帰りは日に日に遅くなり、外の公園や川べりの土手などで無意味に時間を潰すことが多くなった。

本来、安らげるはずの家庭は、田沼にとってますます針のむしろと化していた。

――失業保険が切れたら、どうしよう……。

このところ、田沼の頭を占《し》めているのはそのことばかりだ。

満員電車の中で押され、その波に逆らえずついホームへと吐き出されてしまう。

ふと見ると、意識したわけではないのに、そこはあのカフェがある駅だった。

改札へと急ぐ人々の波に押しのけられ、田沼は電車が走り去ったホームに視線を落とす。

あと、五分。

すぐ次の電車がやってくる。

一歩前に踏み出す勇気さえあれば、楽になれる。

すべての悩みや苦しみから解放され、自由になれるのだ。

そんな誘惑に駆られるが、すんでのところで思いとどまる。

電車に飛び込んだりしたら、遺族に莫大《ばくだい》な請求が来ると聞いたことがある。

第一、大勢の人々に迷惑をかける死に方はできないと思ったし、なによりまだあのカフェにランチ代を払いに行っていない。

それを返すまでは死んではいけないと思い直し、田沼はふらふらと改札を出た。

一度通った道を辿《たど》り、再び海で時間を潰す。

あの少年が小学校から帰ってくるのは、きっと午後になるだろう。

あの子に口添えしてもらわなければ、兄達に無銭飲食したと思われかねないと危惧《きぐ》した田沼は、二時過ぎになるまでただぼんやりと海を眺めて過ごした。

――海に入って死ぬなら、誰にも迷惑はかけないんじゃないかな。

ふと、そんなことを考える。

そろそろいいか、と立ち上がり、カフェを目指して歩き出す。

坂を上がる手前に駅前の大通りがあり、ひっきりなしに車が行き交っていて、田沼は信号待ちで立ち止まった。

目の前をすごい勢いで通過していく車の群れをぼうっと見ていると、その流れに吸い込まれるように、無意識のうちに足が前へ出てしまいそうになる。

こうして日に日に死への誘惑は頻度《ひんど》を増し、田沼を悩ませるのだ。

――これも無駄な時間だ。どうせ死ぬなら、一分でも早く楽になってしまえばいい。

でも、借りているランチ代を返さなければ、と葛藤《かっとう》する。

それでも、甘美な誘いに耐えきれず、一歩踏み出そうとした、その時。

「おじさん」

聞き覚えのある声に名を呼ばれ、田沼は飛び上がらんばかりに驚いた。

慌てて振り返ると、ランドセルを背負った綾人が立っている。

「きみは……」

「うちのお店に来てくれたんでしょ？　いっしょに行こうよ」

そう田沼を誘う様子は、とても小学生とは思えないほど落ち着いている。

「う、うん……そうだね」

危なかった。

この子が声をかけてくれなかったら、今日こそ本当に飛び込んでしまったかもしれない、と背筋を冷たい汗が伝う。

とにかく、借りを早く返してしまい、後のことはそれから考えよう。

ろくに眠っていないので思考もまとまらず、田沼は少年に促されるまま、ふらふらとその後をついていった。


「ただいま！」

元気よく店内へ駆け込んでいくと、カウンターの長兄が笑顔で「お帰り」と迎えてくれる。

が、後に続いて入ってきた田沼は軽く会釈《えしゃく》したのだが、青年はそれに対しては無反応だったので、少し鼻白む。

さては前回、ツケで金を払わずに帰ったことに腹を立てているのかもしれない。

「おじさん、どうぞ」

が、そんな田沼をよそに、綾人はまた例の指定席へ田沼を案内してくれた。

「ありがとう。でも今日は空いてるから、他のテーブルに座るよ」

そこに座るとまた座敷わらしが見えてしまいそうで、田沼は敢《あ》えてその誘いを断り、近くの二人掛けのテーブル席に着いた。

コーヒーでも飲んで落ち着こうと思ったが、いまだ死への衝動は田沼に取り憑《つ》いて離れない。

――早くランチ代を返して、帰ろう。

そうしたら、もうやり残したことはなにもないはずだ。

加入している生命保険は、自殺だと保険金が下りないタイプだから、家族のためになるべく事故に見える死に方がいい。

いったいどんな死に方があるのだろうか。

一人悶々《もんもん》と考えていると、店内の古めかしい柱時計が鳴り出し、田沼はびくりと反応する。

三時、だ。

座敷わらしが現れる瞬間、思わず息を詰め、予約席を見守っていると、視界の隅をちらりと赤い絣《かすり》の着物がよぎる。

果たして、綾人の向かいには先日目撃した、あの着物姿の少女が座っていた。

——で、出た……！

あれは幻だったのでは、と半信半疑だったが、またはっきりと目撃してしまい、田沼はのけぞらんばかりに驚く。

そこへ、給仕の次兄が、トレイにホットミルクとクッキーを載せて運んできた。

「今日はチョコチップクッキーを焼いたぞ。わらしちゃん、これ好きなんだろ？」

「うん、チョコがおいしいんだって。よかったね、わらしちゃん」

と、綾人は笑顔で話しかけるが、座敷わらしの方はなにも喋《しゃべ》らない。

「いただきまぁす」

だが、綾人はそれを気にする様子もなく、クッキーを食べ始めた。

次兄が田沼の席の前を通りかかったので、右手を挙げたが無視され、注文も取ってもらえない。

——なんだ、この店は。ツケで帰った俺は客じゃないってのか？

相手にされず、苛立《いらだ》ちが田沼を支配する。

どこでも、そうだ。

会社でも家庭でも、皆自分を軽く扱い、ないがしろにする。

やっぱり、自分などいてもいなくてもどうでもいい存在なのだ。

発作《ほっさ》的に立ち上がり、田沼はカウンターの長兄に千円札を突き出した。

「すみません、これ、先日お借りしたランチ代をお支払いに来たのですが」

だが、そう声をかけても、長兄はドリップコーヒーを淹《い》れるのに夢中で、こちらを見ようともしない。

これには、さすがに温厚な田沼も堪忍袋《かんにんぶくろ》の緒が切れた。

「おい！　客商売で客を無視するなんて、いったいどういうつもりなんだ。金を払わないと言ってるんじゃない、払うって言ってるんだぞ⁉」

つい声を荒げてしまってから、しまった、店内の客に聞こえると慌てて周囲を見回すが、あれだけ大声で叱責《しっせき》したというのに、不思議なことに誰もこちらに注目する者はいなかった。

すると、そこへタタッと走ってきた綾人が、田沼に言う。

「無理だよ。兄さん達にはおじさんのこと、見えてないから」

「……なんだって?」

少年がなにを言っているのかよくわからず、田沼はつい聞き返してしまう。

すると、綾人は予約席を振り返り、続ける。

「おじさん、そろそろ戻らないと、ほんとに戻れなくなっちゃうって、わらしちゃんが言ってるよ」

「戻るって……どこへ?」

いったい、この子はなにを言っているのか?

困惑する田沼をよそに、綾人は言った。

「よく、思い出して。ちゃんと考えて。どうやってここへ来たかを」

——思い出す?

いったい、なにを?

言われた瞬間、リストラされた後の、つらかった日々がまるでフラッシュバックのようによみがえる。

つらかった、苦しかった。

惨《みじ》めで、誰にも相談できなくて、いっそこの世から消えてしまいたいと、何度も何度も思った。

そして……それから、どうしたんだった？

なぜだかここ数日の記憶が、頭に霞《かすみ》がかかったようにはっきりしない。

必死で記憶の糸を辿《たど》るが、思い出せなかった。

最後の記憶は、そう……交通量の多い幹線道路沿いに立っているところだ。

今、ここで一歩踏み出せたら、楽になれる。

そんな、死への誘惑と必死に戦ったことまでは憶えている。

そして？

その直後に襲ってきた、強い衝撃。

耐えがたい激痛の後、それはふっとなくなり、すべてが楽になった。

そこから先は、すべてが闇に包まれていて。

思わず伸ばした、自分の手の先すら見えないほどの、完全なる漆黒《しっこく》の闇。

それから……？

ようやく現実に気づいた田沼の身体《からだ》は、わなわなと震え出す。

「もしかして俺は……やっちまったのか……？」

あれだけ何度も思い留まって、それだけはしてはならないと、必死に戦ったというのに。

ついに自殺を決行してしまったのだろうか？

フラッシュバックのごとく、田沼の脳裏《のうり》には前回のカフェでのできごとがよみがえる。

空腹で平らげたはずのカレーがなんの味も感じられず、座敷わらしと同じように手つかずのままだったこと。

あの時、既に自分は死んでいたのだ。

全身が総毛立ち、田沼は思わずその場にへたり込みそうになった。

やっとわかった。

少年は、実体のない田沼から代金を受け取ることができなかったから、ツケにしてくれたのだ。

うすうす、違和感はあった。

家族に今まで以上に空気のごとく扱われ、妻はいつも暗い顔をしていた。

あれは自分が死んでしまっていたからだったのか。

どうしよう。

なんて取り返しのつかないことをしてしまったのだろう。

だから、この世のものではない座敷わらしも見えたのかと取り乱す田沼に、綾人が言う。

「まだ間に合うって。早く戻って」

「間に合う……？」

「おじさん、ぼくと同じだから」

だから、ほっとけないんだ、と少年は不思議なことを言った。

「またね、おじさん」

そして綾人が、バイバイと小さな手を振る。

次の瞬間、なにか強い力で引き戻されたような衝撃が田沼の全身を襲った。


目を開けると、ぼんやりと真っ白な天井が視界に入る。

ここは、いったいどこなのだろう？

ゆっくり首を巡らせると、右手に温もりを感じる。

見ると、田沼の右手をしっかり握っていたのは妻の顕子だった。

「お父さん……!?　目が覚めたのね!?」

意識を取り戻した田沼に、髪を振り乱し、げっそりとやつれた妻の頬《ほお》に赤みが差し、歓喜の表情になる。

「おまえ……」

声を出そうとしても、うまく話せない。

田沼は自分が酸素マスクをつけていたことにようやく気づき、もどかしげにそれを外した。

「もう五日も意識が戻らなかったのよ。お医者さんはこのまま目覚めないかもって……でも本当によかった……！」

あの気の強い妻が、まるで子どものようにしゃくりあげて泣いている。

田沼の手を、しっかりと握りしめながら。

それをぼんやり眺めているうちに、田沼の胸にも表現し難い感情が込み上げてきた。

「な、何度も思い留まろうとしたんだ。死んだらいけないって、何度も何度も」

つられて涙が溢《あふ》れてきて、田沼も男泣きに泣いた。

「わかってる、わかってるわよ」

しっかりと手を握りしめながら、妻も頷《うなず》く。

それから田沼は、自分の身になにが起きたのか聞かされた。

交通量の多い幹線道路で信号待ちをしていた田沼のもとに、制限速度オーバーでハンドル操作を誤った乗用車が突っ込んできて、はね飛ばされたらしい。

幸い、大きな怪我《けが》は左肩の骨折と脱臼《だっきゅう》だけだったが、倒れた拍子に頭を強く打ち、そのまま意識が戻らなかったという。

――それじゃ……俺は自殺したんじゃなく、事故に巻き込まれたのか。

それを知らされ、田沼は心から安堵《あんど》した。

そして本当に生きていてよかったと、思った。

「お医者様も、脳波にも異常がないのに、なぜ意識が戻らないのかわからないって不思議がってたのよ」

その原因が、田沼にはわかっていた。

自分がこのつらい現実に戻ることを、拒《こば》んでいたからなのだと。

「……すまない、顕子。実は一ヶ月前に会社をリストラされていたんだ」

なかなか言い出せなくて、と謝ると、ようやく背負っていた重荷を肩から下ろした気分だった。

田沼の事故の連絡を会社にした際、妻は初めてリストラの件を知らされたらしい。

「あなたの意識が戻らない間に、同僚の方がお見舞いに来てくれたのよ。そうそう、上司の米田さん、なんでも会社のお金を横領していたとかで、クビになったんですって」

「え……課長が?」

予想だにしていなかった展開に、田沼は驚きを隠せない。

まったく気づかなかったが、自分の知らないところでそんなことがあったのか。

あの男なら、いかにもありそうなことだと思った。

米田がクビになったところで自分が元の会社に戻れるわけではなかったが、彼がいなくなった方が会社に残っている皆のためにはなるので、いいには違いない。

因果応報《いんがおうほう》という諺《ことわざ》がこれほどぴったりなこともないだろう、と田沼は思った。

「怒ってるか？　リストラを黙ってたこと」

おずおず問うと、顕子が苦笑する。

「そんなこと、もうどうでもいいのよ。家のローン残したまま死んだりしたら、許さないとこだったわ。とにかく、生きてさえいれば、あとはなんとかなるわよ」

「……そうだな」

そうだ、自分は妻の、こういう気丈なところに惹《ひ》かれて結婚したのだった。

若かりし日の情熱を思い出すと、ほんの少し妻が眩《まぶ》しく見える。

「父さん……！」

「目が覚めてよかった……」

妻が連絡したらしく、その後子ども達もそれぞれ大学やバイトを切り上げ、病院へ駆けつけてくれた。

この数日、いつも誰かしら不在だったのは、意識の戻らない病院の自分に付き添ってくれていたからなのだと田沼は初めて知ったのだった。

——よかった、死なななくて。


家族の涙を目《ま》のあたりにし、田沼の胸はひしひしと締めつけられる。

少なくとも、自分が死の淵《ふち》に直面し、泣いてくれるほどには家族に愛されていたのだと、実感できたから。

あのまま無為の死を選んでいたら、絶望のどん底のまま永遠の地獄をさまようことになっただろう。

想像するだけで、ぞっとした。

抱き合って喜ぶ家族をベッドの上から見つめながら、田沼の脳裏《のうり》にあの不思議な少年の姿がよみがえる。

——あれは、俺が見た夢だったんだろうか？

どこからどこまでが夢だったのか、判断がつかなかった。

「父さん、ほんとにこっちなの？」

「確か、そうだったはずだ」

「もう、頼りないなぁ」

駅からの坂道を登りながら、娘の絵美が唇を尖らせて文句を言う。

◇　◇　◇

田沼が無事退院し、あれから一ヶ月が過ぎた。

その後、田沼は小さな食品卸《おろし》の会社になんとか再就職が決まった。

その手続きなどでバタついて日にちが過ぎてしまったが、この週末、どうしてもあの古民家カフェが実在するのかどうか確かめたくなり、再びあの幸福ケ森駅で下車した。

出かけるというと、まだ左手がうまく使えない田沼が心配だから付き添うと妻と娘が言い出し、それなら自分もと息子までついてくることになる。

久しぶりの、家族総出での外出が少々気恥ずかしい。

途中、田沼はトイショップで女の子が喜びそうな熊のぬいぐるみを買った。

「ぬいぐるみなんて、誰にあげるの？」と娘にしつこく聞かれたが、うまく答えられずに返事を誤魔化《ごまか》す。

午後三時まで、もうあまり時間がない。

座敷わらしとあの少年に礼を言うために、田沼は先を急いだ。

「いらっしゃいませ」

そして、田沼の記憶と寸分違《たが》わぬ場所に、あのカフェ『たまゆら』は存在していた。

今度はちゃんと店主の長兄にも見えて、笑顔で挨拶《あいさつ》してもらえたことにほっとする。

「一ヶ月ほど前、こちらでランチのカレー代をツケにしてもらいました。ありがとうございました」

そう告げ、田沼は今まで保管しておいた綾人の手書きの借用書と千円札を店主に差し出す。

生死の境を彷徨う生霊の時に来店したが、綾人からもらった借用書は、なぜか通勤用スーツの内ポケットに大切にしまわれていたのだ。

するとそれを見た店主はああ、という表情になり「またいらしてくださって嬉しいです」とにっこりした。

どうやら弟から、話は聞いていた様子だ。

「あの、これを……」

どうしていいかわからず、買ってきたぬいぐるみを差し出すと、美貌《びぼう》の店主は手のひらを座敷席にある祭壇《さいだん》に向ける。

「どうぞご自身であげてください。わらしちゃんも喜びますよ」

「は、はい」

照れくさかったが、田沼は靴《くつ》を脱いで座敷席へ上がり、祭壇にぬいぐるみを飾った。

――ありがとう、本当に。

心の中で、礼を言う。

あのまま自分が死にかけていたことに気づかずに彷徨《さまよ》い続けていたら、もう元の身体《からだ》に戻れなくなっていたかもしれない。

リストラで精神的に追い込まれ、余裕をなくしていた自分を救ってくれた座敷わらしと少年に、田沼は心から感謝した。

「ただいま！」

するとちょうど綾人が帰宅し、店主の腰に抱きついて「今日のおやつはなに？」と甘えている。

「今日は煌が白玉善哉《ぜんざい》を作ってるよ」

「やった！　わらしちゃん、あずき大好きだからよろこぶよ」

白玉団子、もちもちでおいしいよね〜と歌うようにはしゃぎながら、少年は座敷席へ上がってくる。

「あ、あの……」

田沼が礼を言おうとしたが、少年は彼に気づくとにこっとし、小さく手を振った。

そして、そのまま予約席へ座ってしまう。

わかってるから、なにも言わなくていいよ。

なぜだか少年にそう言われた気がして、田沼はなにも言えないまま、座敷席から家族の待つテーブル席へ戻った。

そこで、店の柱時計が三時を告げ、ボーンボーンと鳴り出す。

振り返ってみると、席には二人分の白玉善哉が置かれているが、田沼にはもうおいしそうに善哉を食べる少年の姿しか見えなかった。

無事現世に戻ってきたので、もう座敷わらしの姿は見えなくなってしまったのだろう。

ほっとしたような、少し残念なような、不思議な気分だった。

「お父さん、このお店に、前に来たことあるの？」

席に戻ると娘に不思議そうにそう問われ、田沼は薄く微笑《ほほえ》む。

そして、「来たことがあるような、ないような微妙なところかな」と答えたのだった。

間山梨香の逡巡

sweet potato

「はぁ、疲れた」

食堂の椅子《いす》に座る時、ほとんど無意識のうちにそう呟《つぶや》いている自分に気づき、間山梨香《まやまりか》は反省する。

いけない、まだ三十四だというのに、これではまるで生活に疲れた果てたおばさんのようではないか。

とはいえ、反省する時間も惜しく、梨香は注文したAランチのメンチカツに嚙《かじ》りついた。

ここは、朝東《あさとう》テレビ局の食堂。

大学を卒業し、難関の倍率を勝ち抜いて朝東テレビに就職し、アシスタントディレクターとして配属された当時はここで芸能人を見かけるとついテンションが上がってしまったが、ディレクターになった今では、たった十五分の休憩時間に今日最初の食事をかき込む方が忙しい。

早く食べ終え、次の会議の準備をしなければ。

咀嚼《そしゃく》しながらも、梨香の頭の中は次の段取りをシミュレーションし、忙しくフル回転している。

「あれ、間山先輩だ〜」

すると、妙に甘ったるい声で名を呼ばれ、梨香は顔を上げた。

ホイップもりもりの苺《いちご》シェイクを片手に通りかかったのは、梨香の部下として配属されたばかりの真梨絵《まりえ》だ。

「え〜今頃お昼なんですかぁ？　お疲れさまですぅ」

そうよ、暇なあなたと違って、死ぬほど忙しいのよという毒舌《どくぜつ》を、梨香はメンチと共に飲み下す。

「先輩、がっつり揚《あ》げ物ですか？　それで太らないなんてうらやましいな〜」

一人で行動できないこの新人は、ちょうど話し相手が欲しかったのか、断りもせず梨香の向かいの席に陣取る。

たった十五分の貴重な休みを、この子の相手をするのに使わねばならないのかと思うと、梨香は心底うんざりした。

がっつりなのは、これが今日最初の食事で、この先もういつ食事を摂《と》れるかわからないからだ。

カロリーなんぞ気にしてられるか、と心の中で毒づく。

今年、梨香のいる部署に配属されてきたこの新人は完全なコネ入社で、上層部のお偉いさんの孫娘らしい。

そのせいか、いつまでもお客さま気分が抜けず、『目標は寿《ことぶき》退社でぇす』などと公言しては周囲を凍りつかせている。

が、見た目は今流行《はや》りのゆるふわ可愛《かわい》い系で完全武装しているので、男性受けがよく、大抵のことは大目に見られているのだ。

「次の特番の企画、ちゃんと考えてくれた？　若い女性に受ける企画って、皆あなたに期待してるんだから、頑張ってね」

本当はだれもこのゆるふわ女子の企画に期待などしていないのだが、嘘も方便。

これで、少しはやる気を出してくれないかと思って言ってみたのだが。

「え～私はそういうの、いいですよ～。あ、でも今気になるカフェがあって、そこには行ってみたいんですけど」

はたと思いついたように言って、真梨絵はスマートフォンを取り出し、画面を梨香に見せてくる。

「古民家カフェ、『たまゆら』……？」

画面に表示されていたのは、いわゆるスピリチュアル系好き女子の間で有名なネット掲示板で、オカルトや幽霊話、パワースポットなどの情報で賑《にぎ》わう場だ。

「鎌倉《かまくら》とか湘南《しょうなん》とか、あっちの方にあるカフェらしいんですけど、そこのお店に座敷わらしが出るんですって」

「座敷わらし？」

なにを今どき、時代錯誤《じだいさくご》なことをと、梨香はつい鼻で笑ってしまう。

「あ、今バカにしましたね？　でも行った人の話じゃ、お店で座敷わらしの姿を目撃できた人には、いいことがあるんですって。確率は低いんだけど、実際に見たって人、そこそこいるんですよ？」

「だって、座敷わらしって、確か東北の民家に出てくる、妖怪だか精霊だかなんかでしょ？　どうして神奈川県にいるのよ。おかしな客寄せを思いつくものねぇ」

と、現実主義の梨香ははなから相手にしなかった。

「でね、そのカフェ、住所を頼りに行っても、どうしても辿《たど》り着けない人もいるんですって！　なんだか面白くありません？　神奈川なら近いし、先輩、ものは試しに行ってみてくださいよ〜。それで噂《うわさ》が本当だったら、私も行ってみるんで」

――この子ったら、私に下見に行かせる気？

部下の図々《ずうずう》しさにあきれていると、真梨絵は「あ〜彼氏欲しいな〜。誰かいい人いないですかね。紹介してくださいよ、先輩」とまったく脈絡のないことを言い出した。

「……あなたなら、可愛《かわい》いんだから、いくらでも男の人が寄ってくるでしょう？」

梨香としては、半分皮肉のつもりで言ったのだが。

「まぁ、そうなんですけどぉ。結婚相手ってなると、なかなか難しいんですよ～」

と、自分が可愛いことは否定も謙遜《けんそん》もしないのでさらに驚く。

今どきの若い子って、皆こんな感じなのかしら。

ついていけないわ。

「先輩はもう結婚してて、いいですよねぇ。あ、でも今別居中なんでしたっけ？」

悪気なくプライベートに踏み込まれ、梨香のイライラは頂点に達する。

「次、会議なの。もう行かないと」

真梨絵のおしゃべりに付き合わされたせいで、ランチも全部食べ終える前にタイムリミットがきてしまった。

最後にビタミンやらなにやらのサプリメントを口に放り込み、水で流し込む。

定食を全部食べたわけでもないのに、胃が重い。

ストレス性の胃痛がすっかり癖《くせ》になっているのに、揚げ物はまずかっただろうかと少し後悔した。

「あ、会議頑張ってください～。カフェの下見、お願いしますね。企画で先輩の手柄にしてもいいですよ。私、出世とか興味ないんで」

「……考えとくわ」

ものすごくいい情報を教えてやったとばかりのドヤ顔の真梨絵を残し、梨香は足早に食堂を後にした。

とはいえ、企画の提出はしなくてはならず、梨香はようやく少し手が空いた深夜、デスクでネット検索を始めた。

さして期待はしていなかったが、なるほど実際にそのカフェを訪れ、座敷わらしを目撃して就職や結婚が決まったという報告をしている者がいる。

――バッカじゃないの。そんなのただの偶然に決まってるじゃない。

コーヒーをがぶ飲みしながら、梨香は一人毒づく。

超がつくほど現実主義者の梨香は、昔から幽霊やオカルトの類《たぐい》は一切信じていない。

だが、世の女性達は、なぜか占いやらパワースポットやらが大好きなのだ。

結婚したい若手女性タレント達がパワースポット巡りをして、御利益《ごりやく》があるかどうか検証する、という内容はどうだろう？

自身はまるで信じていないくせに、梨香は頭の中でいつもの企画シミュレーションを始める。

するとそこへTシャツにジーンズ姿のアシスタントディレクターの七海《ななみ》が戻ってきた。

「梨香さん、お疲れさまです。今日おうちに帰れそうですか？」

「う～ん、着替えと仮眠にちょっと戻ろうかなって思ってたとこ」

「そしたら、またシャワーお借りしてもいいですか？」

と、七海は両手を合わせて拝んでみせる。

徹夜や局に泊まり込みは日常茶飯事なので、七海はこうして時々梨香の部屋にシャワーを借りに来るのだ。

「いいわよ。じゃ、一緒に行こうか」

「ありがとうございます」

真梨絵と違って気が利《き》き、よく動いてくれるこの新人の部下を、梨香は可愛がっていた。今はまだ多少心許《こころもと》ないが、そのうち主戦力になってくれることを期待しつつ鍛えている。

梨香の部屋は、テレビ局から歩いて十五分ほどの距離にある、１ＬＤＫの小さな単身者用マンションだ。

あまりに自宅に帰れない日々が続き、シャワーや仮眠を取れる部屋を一時的のつもりで借りたのは、約三年前。

結局今では、ここが梨香の住処《すみか》となってしまった。

夫と二人で暮らしていた、新宿区《しんじゆく》のマンションにはもうずっと帰っていない。

七海がシャワーを浴びている間、着替えようとして、少しだけとベッドに横になる。

ここに帰り着く頃には、いつもくたくただ。

するとバッグの中でスマートフォンのメール着信音が鳴ったので、手探りでそれを取り出す。

見ると、梨香は途端に気が重くなった。

メールは夫の啓一《けいいち》からで、今週末どこで会おうかという内容だったのだ。

忙しさにかまけて、今週末が月に一度の「面会日」だとすっかり忘れていた。

夫には、正直会いたくない。

けれど二人で飼っている、ポメラニアンのリリは別だ。

こうして別居生活に入って半年ほどになるが、啓一はリリに会わせるから、とそれを餌《えさ》に月に一度は外で会おうと誘ってくる。

内心億劫《おつくう》だったが、リリに会いたい気持ちは抑えられず、いつも渋々了承してしまう梨香だ。

とはいえ、リリがいるのでペット同伴可のカフェかレストランを探すのだが、これがなかなか数が少なくて苦労するのだ。

――そうだ。

ふと思いつき、スマートフォンでもう一度『たまゆら』を検索する。

この店には庭に面したテラス席があり、おあつらえ向きにそこではペット同伴可らしい。

ロケハンと、夫との面会、面倒なことは一度に済ませてしまおう。

啓一に店の地図を送り、そこで待ち合わせの旨《むね》をメールで伝える。

すると時間があると思ったのか、すぐ啓一から電話がかかってきたが、梨香はそれを保留にし、無視した。

心がささくれ立っているほど疲れているので、今は話したくない。

きっとまた、優しい彼に八つ当たりしてしまうから。

ああ、疲れた。

ストレスからくる、慢性的な胃痛にはもうすっかり慣れてしまっている。

まともに六時間、ぐっすり眠ったのはいつが最後だっただろう?

不規則な生活で肌荒れもひどく、化粧《けしょう》のノリが悪い。

――こんな生活してたから、あの子を失ってしまったんだ、きっと。

頭をよぎるのは、もう何千回も繰り返し、自分を責め続けてきた言葉だ。

いったいなぜ、こんなことになってしまったのだろう？

少し仮眠するだけだから、と自分に言い訳し、梨香は目を閉じた。

夫の啓一と出会ったのは、大学時代のテニスサークルだ。

とはいえ、その頃から付き合っていたわけではなく、きっかけは二十八歳の時に開かれた同窓会に参加した時だった。

当時、ディレクターに昇進したばかりだった梨香は、ほんの少し同期生達に自慢したい気持ちもあったのだ。

「この若さでテレビ局のディレクターなんてすごいね。尊敬するよ」

そう手放しで褒めてくれた啓一のことを、梨香は正直言ってほとんど憶えていなかった。同じサークルにいたというのだが、え、こんな人いたかしら？　といった程度の認識だ。

長身で大柄の癖《くせ》に、妙に温和な顔立ちで、印象が薄く目立たない。

立派な体軀《たいく》をしているというのに、ＳＥという、それがまったく活《い》かせていない仕事なのも面白かった。

生活サイクルもめちゃくちゃで、徹夜も多い仕事だということで、共通項のある二人の会話は盛り上がり、連絡先も自然に交換していた。

今まで忙しすぎて、過去の恋人とはうまくいかなかった梨香は、もしかしたらこのまま結婚できないのではないかという不安を常に抱えていた。

だが、啓一とはお互い多忙なので、会う頻度《ひんど》が少なくても引け目を感じなくて済む。

相手の負担にならないようにしようと話し合っていたから、啓一との交際は気が楽だった。

たまにデートするくらいの関係が二年ほど続き、三十を越えた頃、久しぶりのデートで啓一が妙にそわそわしていて、やがて思い切った様子で小さなリングケースを差し出してきた。

「お、お互い忙しくてあまり会えないから、一緒に住んだら今よりもっと顔を見られると思うんだ。梨香ちゃんが仕事優先なのは尊重する。自分のことは自分でやるし、家事も分担するから……だから僕と結婚してください……！」

たどたどしいプロポーズだったが、啓一が本当に自分のことを好きでいてくれているのはわかっていたので、梨香はそれを了承した。

ただし、仕事は今まで通りで、家には帰れない日もあると釘を刺しておく。

それでもいいよ、と啓一は本当に嬉しそうだった。

話はとんとん拍子にまとまり、二人は結婚した。

したいと思っている時はなかなかできなかったのに、縁というのはこういうものなのだろうかと不思議になるほどだった。

こうして二人は互いの職場の中間地点辺りの新宿区にマンションを借り、新婚生活をスタートさせた。

休みも重ならないし、顔を合わせるのは深夜か早朝といった生活だったが、啓一との生活は穏やかで、それなりにしあわせだった。

仕事に追われるうちに瞬く間に日々が過ぎ、梨香はある日啓一の母、すなわち義母に呼び出された。

「お仕事が忙しいのはわかるけど、そろそろ赤ちゃんのこと、真剣に考えたらどうかしら？」

「……はぁ」

うすうす、そんな話ではないかという予感はあった。

自分でもいつかはという願望はあったが、大きな仕事を任されたばかりで、とてもではないが今産休など取れる状況ではなかった。

「啓一はあなたに遠慮《えんりょ》して言ってないみたいだけど、本当に子どもを欲しがってるの。あの子、子ども好きなのよ。兄夫婦のところの甥《おい》っ子を、そりゃあもう目の中に入れても痛くないくらい可愛《かわい》がっていて。そんな姿を見てると、なんだかかわいそうになっちゃうのよねぇ」

知らなかった。

自分の知らないところで、啓一がそんなに子どもを欲しがっていたなんて。

なににおいても仕事優先の自分には言いにくかったのだろうか。

なにも聞かされていなかった梨香は、内心衝撃を受けた。

「啓ちゃん、赤ちゃん欲しい？」

さりげなくそう聞くと、返事まで一拍の間があった。

「そうだね。けど、梨香ちゃんが本当に欲しいと思った時でいいと思うよ」

いつもの温厚な笑顔で、啓一がそう答える。

それを見て、梨香は義母の言っていたことが事実だと察した。

啓一は、本心を隠す時、いつもこういう顔をするのだ。

出産にはタイムリミットもある。

啓一のためにも、そろそろ真剣に考えなければ。

だが、この激務で果たして子どもを産んで育てることなど、できるのだろうか？　という不安も大きかった。

頭ではわかっていても、日々の仕事に追われ、梨香は無意識にその問題を後回しにしてしまった。

仕事が最高潮に多忙を極め、何日も家に帰れない日々が続き、啓一自身と話し合う時間も取れず、時間はずるずると過ぎていく。

ろくに眠っていないせいか、体調が悪かったが梨香は無理をおして仕事を続けていた。

そんなある日、梨香は突然職場で倒れた。

救急車で搬送され、病院に運ばれたが、その時のことはほとんど憶えていない。

病院でようやく目覚めた梨香は、医師から自分が妊娠《にんしん》二ヶ月だったことを知らされた。

が、その子は流産してしまったと。

あまりのショックに、目の前が真っ暗になった。

元々生理不順だった梨香は、生理がこないのもこのところの激務と体調不良のせいだと思い、さして気にしていなかったのだ。

自分が妊娠に気づかないうちに、あんなに啓一が欲しがっていた待望の我が子を失ってしまうなんて。

そのまま三日入院したが、啓一にはとても本当のことは言えなくて、急な出張だと嘘をついた。

そしてそのことを、誰にも言わず、ただ一人自分の胸にしまい込んだ。

初めての妊娠だったとはいえ、自分の身体《からだ》の変化にも気づかず流産してしまうなんて、実家の家族にすら言えなかった。

流産は原因不明のことが多く、染色体の異常や母体を守るためのことが多いと、医師は慰めの言葉をくれたが、そんなことで梨香の罪悪感は晴れることはなかった。

日常に戻っても、それは日々澱《おり》のように沈殿していき、心の奥底に降り積もっていく。

やがて梨香は、なにも知らない啓一の顔を見るのが苦痛になっている自分に気づいた。

本当のことを知ったら、啓一はどれだけ自分に失望するだろう。

それが恐ろしくて、なにかの拍子にすべてを知られてしまいそうで、視線を合わせることすらできなくなった。

精神的に追い詰められた梨香は、仮眠用に局の近くに借りていたワンルームに泊まり込むようになり、次第に家に帰らなくなっていった。

正式に別居したいと申し出たのは、今から半年ほど前のことだ。

啓一は覚悟していたのか、「梨香ちゃんがそうしたいなら」と言った。

私はなんて、自分勝手な女なのだろう。

私のような人間は、結婚などしてはいけなかったのだ。

何度も何度も、そう自分を責めた。

このままでいいはずがない。

バッグの中には、いつでも渡せるように自分の署名捺印《なついん》を済ませた離婚届が入っている。

自分のようなひどい女から、啓一を解放してやらなければならないと、梨香はずっと思いつめていた。


「雰囲気《ふんいき》があって素敵なカフェだね。さすが梨香ちゃん。いい店の情報知ってるんだね」

古民家カフェが物珍しかったのか、啓一はテラス席に案内されると、きょろきょろと周囲を見回している。

広い庭が一望できるテラス席に着いた二人に、愛犬のリリが嬉しそうに梨香の足元にまとわりついていた。

――なによ。あっさり見つけられたじゃない。

店のホームページはなかったものの、ネットに紹介されていた大体の位置情報を頼りに来てみたら、『たまゆら』は簡単に見つかった。

必要な人しか辿《たど》り着けない、などというのは、やはりただの箔《はく》付けなのだろう。

啓一と向き合うのが気まずい梨香は、さりげなく店内の様子を観察する。

席数は、店内でおよそ二十、店員は二人。

梨香達を席に案内した給仕係の、二十二、三歳くらいの大柄な青年と、カウンターにいる二十七、八歳くらいの美青年、おそらくこちらが店主なのだろう。

古民家カフェのオーナーが予想外に若かったことに驚く。

一階がカフェフロアになっていて、土間部分には椅子《いす》とテーブル、畳《たたみ》の部屋にはアンティークな座卓と座布団。

そしてここ、こぢんまりとしたテラス席はペット同伴可のテーブル席だ。

客は好みの席を選べるのも、なかなかいい。

そしてなにより気になるのは、庭に面したテラス席からも見える、座敷席の意味ありげな祭壇《さいだん》だ。

たくさんの人形やぬいぐるみ、菓子などが供えられたそこが、噂《うわさ》の座敷わらしへの貢《みつ》ぎ物を置く場所なのだろう。

「梨香ちゃん？」

「ちょっと、ここで待ってて」

啓一を残し、デジタルカメラを手にした梨香は店内へと潜入する。

「すみません、とっても素敵なお宅なので、写真を撮らせていただいてもよろしいですか？」

カウンターの美青年に声をかけると、「どうぞ。ただ他のお客様が写らないようご配慮《はいりょ》をお願いします」との返事だった。

案外すんなり許可がもらえて、梨香は室内のあちこちを撮影して回る。

ランチタイムを外したせいか、席の埋まりは半分ほどだったので、撮影しやすかった。

特に祭壇の周辺は、万が一座敷わらしが写るかもしれないので、念入りにシャッターを切る。

すぐ画像を確認したが、おかしなものはなにも写っていない。

――ほらね、やっぱりただの客寄せの戦略なのよ。

内心鼻でせせら笑いながら、梨香は今度は近くを通りかかった給仕の青年に声をかけてみる。

こちらはカウンターの線の細い美青年とは対照的に、百八十近い長身の、大柄で無骨な感じの青年だ。

「あの、友達からこちらのお店で座敷わらしを目撃すると、しあわせになれるって噂を聞いてきたんですけど」

そう探りを入れてみると、青年はぼそりと、「そういう噂があるみたいです」とだけ答えて目の前にある座卓の上の食器を片付け始めた。

こちらはあまり愛想がなく、とりつくしまがない。

――なるほどね。明言は避けて客が好きなように受け取れってことね。なかなかうまい手口じゃないの。詐欺《さぎ》って言われたら困るものね。

これはもう、取材する価値もないかと梨香は立ち上がりかける。

するとそこへカフェの扉が開き、七、八歳くらいのランドセルを背負った少年が店に飛び込んできた。

「ただいま！　煌兄《こうにい》」

「お帰り、綾人《あやと》」

給仕の無骨青年が、さきほどとは打って変わって慈愛溢《あふ》れる笑顔で少年を出迎える。

ずいぶん年が離れているが、兄弟なのか、と梨香は内心驚いた。

「今日のおやつ、なぁに？」

「安納芋《あんのういも》のスイートポテトだぞ」

すると、少年は聞き捨てならない発言をする。

「わぁ、わらしちゃん、きっとよろこぶよ」

——え？　今、なんて？

聞き間違いかと思っているうちに、少年は兄に手を洗っておいでと言われ、レストルームに姿を消した。

戻ってくると、タタッと走って靴《くつ》を脱ぎ、座敷席へ上がってくる。

その時梨香のそばを通り過ぎ、少年はふと足を止めた。

「おねえさんのママ、おなか痛いんだって」

「……え？」

一瞬なにを言われたのか理解できず、思わず聞き返したが、少年はそのまま畳《たたみ》の席の手前にある四人がけの座卓に向かい、座布団の上にちょこんと座る。

見ると、そこには予約席のプレートがのせられていた。

と、その時。

古めかしい年代物の柱時計が唐突《とうとつ》に鳴り出し、梨香はびくりと反応する。

三時を告げる、鐘の音だ。

すると、次の瞬間、梨香の視界の隅をちらりと赤いなにかがよぎった。

――え……!?

梨香は一瞬我が目を疑う。

いつのまに、どこからやってきたのか、少年の向かいの席には赤い絣《かすり》の着物を着た、四、五歳くらいの少女がちんまりと座っていたのだ。

おかっぱ頭で妙に時代錯誤《じだいさくご》な出《い》で立《た》ちだが、はっきりと見えていて、服装を除けばごく普通の子どもに見える。

と、そこへ給仕の青年がトレイを手に、二人の席へやってきた。

そしてテーブルの上に、二人分のほうじ茶と安納芋のスイートポテトを置く。

いかにも手作りらしく、荒く裏ごしされたスイートポテトは、黄金色に輝いていてとてもおいしそうに見えた。

「ありがと。いただきまぁす！」

綾人が元気よく挨拶《あいさつ》し、フォークを使ってスイートポテトを食べ始めた。

着物姿の少女は無表情だが、当然のごとく綾人と一緒におやつを食べている。

──う、嘘でしょ⁉　あれが座敷わらしなの⁉

まったく信じていなかった梨香は、驚きのあまり棒立ちだったが、はっと我に返り、急いで二人にカメラを向ける。

すると、すかさずそのレンズの前に、さきほどの給仕の青年が立ち塞がった。

「すみませんが、お客様の撮影はご遠慮ください」

「あ、すみません……」

いけない、興奮してついマナーを忘れてしまった。

せっかく座敷わらしが撮影できる、絶好のチャンスなのに、と梨香は内心歯噛《はが》みしつつ引き下がる。

しかし、本当にあれは座敷わらしなのだろうか？

幽霊や妖怪などは、もっとぼんやりとした、あやふやな見え方をするものだという先入観があったが、時代劇の撮影待ちの子役だと説明されれば、それを信じてしまうくらいリアルに見える。

──それとも、私の目がどうかしちゃったのかしら……。

このところ睡眠不足と過労は相変わらずだったが、それでも幻覚を見るほどではないと信じたいと梨香は真剣に悩む。

撮影を断られ、すっかり給仕の青年に目をつけられてしまった気がするので、いったんテラス席に撤退することにした。

「ねぇ、啓ちゃん。あそこの席に男の子と着物を着た女の子がいるでしょ？」

手持ち無沙汰《ぶさた》に、足下のリリをかまっていた啓一に声をかけると、彼は梨香が指し示す方を見て首を傾《かし》げた。

「女の子？　子どもは男の子一人しかいないけど？」

「……え？」

一瞬啓一がからかっているのかと思ったが、そんな冗談を言う人ではない。

その不思議そうな表情から、着物姿の少女は自分にしか見えていないのだと悟り、梨香はぞっとした。

「あの男の子が、どうかしたの？」

「……ううん、なんでもない」

ああ、なんとかしてあの座敷わらしを撮影する方法はないものか。

気を揉《も》みながら次にあの予約席に目を向けると、そこにはおやつを食べ終え、「ごちそうさま！」と挨拶する少年の姿しかなかった。

やっぱり今のは、幻覚だったのではないのか。

梨香はただ、茫然《ぼうぜん》とするしかない。

「ただの噂《うわさ》かもしれないけど、本当に座敷わらしが住んでいそうな雰囲気《ふんいき》の家だよね。座敷わらしって、確か幼くして亡くなったり、貧しくて間引かれた子の魂が集まった精霊だって言われてるよね」

啓一のなにげない言葉が、ぐさりと胸に突き刺さる。

「……そんな縁起でもない話、聞きたくないわ」

思わず棘《とげ》のある言い方をすると、啓一は「ご、ごめん」と謝った。

二人のテーブルを、重い沈黙が押し包む。

梨香の注文した、手つかずだったアイスカフェオレの氷が溶けて、カラリと音を立てた。

すると、リリを膝の上に抱いていた啓一が、「やっぱりここへ来たの、取材だったんだ」と少し悲しげに言った。

「……別に無理に付き合ってくれなくていいって、言ったでしょ」

素直にごめんねと言いたかったのに、口をついて出たのはそんな可愛《かわい》げのない言葉だ。

だって啓一には、うんと嫌われなければならないのだ。

愛想を尽かされ、向こうから離婚を切り出してくれれば、それが一番いい。

だが、啓一は首を横に振った。

「そんな、いいんだよ、取材でも。梨香ちゃんは忙しいから、休日も完全オフにならなくて大変だよね」

「……」

「それでさ、たまにはうちに……」

「そろそろ帰りましょうか」

啓一の言葉を遮《さえぎ》るために、梨香は立ち上がる。

今日こそはバッグに入れてきた離婚届を、渡すつもりだったのに。

家には戻りたくない。

今まで通り、なにもなかったような顔をして、二人で暮らすなんてできない。

ならば、もう別れるしかないのではないか。

頭ではわかっているはずなのに、啓一の顔を見るとどうしても決心が鈍ってしまう。

いつまでもこんな状態にしておくわけにもいかないし、いずれ決着をつけなければならないのに、梨香はまた問題を来月に先延ばししてしまったのだった。

◇　◇　◇

あの後、名刺を渡して取材の申し入れをしたが、美貌の店主には「うちはすべてご遠慮させていただいておりますので」と、極上の笑顔で断られてしまった。

啓一とのことも真剣に考えなければならないと焦っていた梨香だったが、そんな矢先、別のトラブルが彼女を襲った。

『さんざんメールも留守録も入れておいたのに、なんでこんなに遅いのよ！』

電話からは、苛立《いらだ》った妹の声が聞こえてくる。

「悪かったわよ、撮影抜けられなかったの。それで、お母さんは？」

やっとの思いで電話をかけ直した梨香は、一番気になることを質問する。

『母が倒れたから連絡をくれ』

そう妹の夏美《なつみ》から留守録が入っていたのは、今日の夕方のことだった。

『処置が終わって、今眠ったとこ。二、三日入院して精密検査だって』

夏美の話では、家で突然倒れ、父が慌てて救急車を呼んだらしい。

『お母さん、胆石《たんせき》あるから。悪くなると手術だって、お医者さんに前から言われてたんだけど』

「え、お母さん、胆石なんかあったの？」

初耳だった。

『けっこう痛がってたわよ』

その言葉に、先日のカフェでの少年の言葉がよみがえる。

『おねえさんのママ、おなか痛いんだって』

あの子は、確かにそう言っていた。

あの時は意味がわからず、聞き流してしまったが、これはただの偶然なのだろうか？

困惑する梨香をよそに、妹の愚痴《ぐち》は続く。

『お姉ちゃんに心配かけたくなくて、お母さんは黙ってたんだと思う。いつも仕事仕事で、最近もぜんぜんこっちに帰ってこないし』

「しかたないでしょ、仕事が忙しいんだから」

後ろめたさに、梨香はついそんな言い訳を口にする。

『とにかく、すぐこっちに来てよ。お母さんも、久しぶりにお姉ちゃんの顔を見たら安心するると思うから』

「……わかった、なんとかするわ」

そんなわけで、梨香は急遽《きゅうきょ》有休を取り、取るものも取りあえず翌朝の新幹線に飛び乗った。

妹に言われるまでもなく、仕事にかまけ、ここしばらく実家に顔を出していないことはずっと気になっていた。

むろん、本当に多忙だったこともあるが、人知れず流産してしまったことを家族にも知られたくない気持ちがあったからかもしれない。

妹には二歳になる娘がいて、現在第二子を妊娠中だ。

家族のしあわせは心から嬉しいが、今はそれを見るのがつらかった。

それより母の具合はどうなのだろう？

後遺症などでなければいいのだがと、不安は募《つの》る。

心配で昨夜もほとんど眠れなかったが、新幹線の中で目を閉じても、やはり神経が高ぶっているのか睡魔は訪れなかった。

と、その時、スマートフォンにメッセージが来たので見ると、啓一からだった。

先日は会えて嬉しかった、という内容だ。

今、出勤中の電車の中だよ、という文面に、これが微妙な関係の別居中の妻に出す内容かと苦笑する。

一応持ってきていた仕事も手につかなかったので、手持ち無沙汰《ぶさた》だった梨香は今新幹線の中で、母が倒れて実家に帰る途中だと返信した。

送信ボタンを押してしまってから、これも別居中の夫にわざわざ伝えなくてもよかったことだったと後悔する。

案《あん》の定《じょう》、驚いたらしい啓一からは次々とメッセージが送られてきて、容態はと聞かれたのでもう着くからと嘘をつき、返信をやめた。

そしてやっぱり、言わなければよかったと後悔を噛みしめる。

啓一につい話してしまったのは、やはり心細かったからだろうか。

それともまだ、この期《ご》に及んで彼に甘えたいという気持ちが残っているのだろうか。

自分で自分の気持ちがわからず、梨香は眠気覚ましのコーヒーを飲む。

梨香の実家は山陰地方にある山間《やまあい》の、小さな田舎町《いなかまち》だ。

東京から新幹線で三時間弱で着くが、そこから先が長い。

在来線を乗り継ぎ、最後に一時間に二本しかない単線で二両のローカル線に揺られ、さらにタクシーを使ってやっと故郷に到着する。

往復約十時間近くかかるので、さすがに日帰りはきつく一泊分の荷物を詰めてきた。

母の具合次第では、もっと帰れないかもしれないと覚悟しつつ、タクシーで病院へと向かう。

町では一番大きな総合病院へ到着すると、メールしておいたのでエントランスでは妹の夏美が大きなお腹を抱え、娘の陽奈《ひな》の手を引いて待っていた。

「お姉ちゃん、久しぶり」

電話では多少わだかまりはあったものの、顔を見てしまうとそこはやはり姉妹で、懐かしさが込み上げてくる。

「夏美も、元気そうでよかった」

夏美のスカートにしがみついている、二歳になった陽奈とは赤ん坊の頃以来の対面なので、「誰、この人」という目で見られてしまう。

「陽奈、この人はママのお姉さんよ。梨香伯母《おば》さん。こんにちはは？」

「……こんにちは」

夏美の後ろに隠れながらも、陽奈は愛らしい声で挨拶《あいさつ》してくれたので、梨香もしゃがんで目線を合わせる。

「こんにちは、陽奈ちゃん。よろしくね」

姪《めい》との挨拶も済ませ、梨香は夏美に向かって問う。

「お母さんの具合は?」

「さっき結果が出て、ひどい腹痛はやっぱり胆石《たんせき》が原因だって。石はそんなに大きくなってないから、薬で散らせるだろうって」

検査結果次第では、もっと深刻な病気ではと、最悪の事態も想定していただけに、それを聞いてほっと力が抜けてしまう。

「よかった……大したことなくて」

「ほんとだね」

母のいる病室へ向かいながら、あと二、三日で家に帰れるだろうと医師からの説明を聞かせてくれた。

四人部屋の窓際のベッドに母は横になっていて、梨香と目が合うと嬉しそうに笑った。

「梨香、わざわざ来てくれたの?」

「ご無沙汰しててごめんね、お母さん」

仕事が忙しくて、と言い訳を口にすると、母はいいわよと軽く流してくれた。

思ったより元気そうでほっとすると、しばらく見なかっただけで少し老けたかなと思う。

久々に母の顔を見ると、自分の親不孝ぶりに罪悪感で押し潰されそうになった。

「本当に大したことないのよ。心配かけてごめんなさいね。梨香には連絡しなくていいって言ったのに」

「だってお母さん、こんな機会でもないと、お姉ちゃんこっちに顔出さないじゃない」

久しぶりにわいわいと、三人でそんな話をするのも楽しい。

とはいえ、他の患者に迷惑になるので、母も歩けるからと三人で談話室へ移動し、そこでしばらく近況話に花が咲いた。

「啓一さんとは仲良くやってるの？」

「……まぁね。お互い仕事が忙しくて、すれ違いが多いけど」

さりげなく嘘をつくと、罪悪感でちくりと胸が痛む。

夫と別居していることも、家族にはまだ話していなかったが、さすがに離婚となると報告しないわけにはいかないだろう。

その時のために、一応布石を打っておくことにする。

「孝《たかし》さんがね、総務課の係長に昇進したんですって」

孝というのは、この町の役場に勤めている夏美の夫だ。

なんの刺激もないこの田舎町で一生を終えるのがいやで、両親に我儘《わがまま》を言い、東京の大学に行かせてもらった自分と違い、夏美は地元の専門学校を卒業し、生まれ故郷で伴侶《はんりよ》を見つけ、現在も実家近くのマンションで家族と暮らしている。

華やかな都会での生活に憧れ、その夢はほぼ叶えた梨香だったが、地元で堅実なしあわせを摑《つか》んだ妹の姿を見ていると、うらやましいと思ってしまう。

まぁ、他人の芝生《しばふ》は青く見えるものなのかもしれないが。

そこから先は話好きな夏美の独壇場《どくだんじよう》で、日々いかに子育てが大変かという愚痴《ぐち》を聞かされる。

「一人ならなんとかなったけど、二人目となると本当に大変なのよ。うちの人ってば休みの日はごろごろするだけで、なにも手伝ってくれないし」

「男の人なんてそんなものよ。期待しない方が腹も立たないわ」

梨香達二人を育て上げた母が、達観した意見を述べる。

そういえば父も縦の物を横にもしない人で、母に頼り切りなので、子育て時代はさぞ大変だっただろう。

「そうそう、こないだ陽奈がね、急におかしなこと言い出したのよ」

と、夏美が不意に話題を変える。

「二人でお風呂に入ってたらね、私のお腹を撫《な》でて、『ひなはおそらのうえからずっとさがしてた。それでママをみつけて、このひとがいいっておもって、ママのおなかにはいったんだよ』って。ずいぶん不思議なこと言うんだなってびっくりしちゃった」

「あらまぁ、子どもは親を選べないなんて言うけど、そしたら本当は赤ちゃんも自分でママを選んでこの世に生まれてきているのかしら。不思議な話ね」

その話を聞き、まだ乾いていない傷口がずきりと痛み出す。

それでは自分は、わざわざ選んで来てくれた子をみすみす死なせてしまったのだろうか。

なんて罪深いことをしてしまったのだろう。

「梨香、どうしたの？　顔色が真っ青よ」

母に声をかけられ、梨香はようやく我に返る。

無意識のうちに、爪が皮膚《ひふ》に食い込むほど強く両手を握っていたことに気づく。

「……なんでもない。忙しくて、あんまり寝てないからかな」

「お姉ちゃんは仕事しすぎなのよ。仕事ばっかりしてないで、そろそろ子どものこと、真剣に考えたら？　子育ては体力勝負なんだから、少しでも若い方がいいよ」

今までさんざん、耳にタコができるくらい聞かされてきた言葉だ。

子どもがいる人は、こうした言葉で子どものいない人を傷つけるが、悪気がない分始末に悪い。

そんなこと、本人が一番よくわかっている。

それが簡単にいかないから悩み、苦しんでいるのに。

だが、そんな苦い思いをぐっと呑《の》みくだし、梨香は「そうね」とだけ合槌《あいづち》を打った。

そんな梨香を、母はなぜかじっと見つめている。

「梨香、あまり無理しないでね」

「……うん、大丈夫。もう、人の心配してる場合じゃないでしょ、お母さんったら」

と、無理に冗談めかして誤魔化《ごまか》す。

だが、なにも知らせていないはずなのに、母はなにもかも知っているような、そんな気がした。


母の様子が安定しているようなので、梨香は妹達と別れ、実家に向かった。

母の急な入院で、なにもできない父一人なので、家の中がさぞ荒れているだろうと母が案じていたからだ。

「ただいま」

久しぶりに帰ったのに、そう言うのもおかしなものだが、自分の実家はここなのだから、これでいいのかなと思う。

「おう、梨香、帰ったのか」

店先の商品を補充していた父は、いち早く気づいて出迎えてくれる。

梨香の実家はその土地で代々続いている、小さな町の雑貨店だ。

アルコール類から日用品、多少の野菜や肉、魚の干物《ひもの》など雑多な品揃えなのは、大型スーパーが遠く、車を持たない年配者達が便利なようにとの配慮《はいりょ》からだ。

実際、近所の常連客もたくさんいて、それなりに店は繁盛《はんじょう》しているらしい。

もっとも、梨香も夏美も嫁いでしまったので、後を継ぐ者はなく、俺の代で店じまいだというのが父の口癖《くちぐせ》なのだが。

「母さん、どうだった？」

「うん、思ってたより元気そうで安心したわ」

「そうか」

と、父は少しほっとした顔になる。

店番があり、なかなか病院に行かれないので、父なりに気を揉《も》んでいたようだ。

荷物を提げたまま、梨香は小さな店内を見回す。

食料品と雑貨が入り交じった匂《にお》いと、古い木材の匂い。

懐かしい、我が家の匂いだ。

何年も帰っていなくても、戻れば一瞬で当時の記憶がよみがえる。

ここで、梨香は育った。

子どもの頃から都会に憧れ、もっとお金持ちの家に生まれたかったなどと思っていたが、今はこの家の子に生まれてきてよかったと思う。

――そしたら、私もこの家の子になりたいって、空の上からお母さんのおなかに入ったのかしら。

ふと、そんなことを考える。

店内から上がり口があり、そのまま居住部分に上がれる構造になっているので、ちらりと覗《のぞ》いてみると案《あん》の定《じょう》家の中は雑然としていた。

「あ～あ、こんなに散らかして。お母さんが心配してた通りね」

「はは、面目ない」

食事はコンビニ弁当などで凌《しの》いでいたようだが、掃除《そうじ》も洗濯《せんたく》もしていないので家の中は散らかり放題だった。

なので到着早々、梨香はまず家の中を片付けて掃除機をかけ、洗濯機を回しながら夕飯の支度《したく》に取りかかる。

「お父さんも、少しは家事できるようにしておかないと、またお母さんが入院したりすることがあったら困るでしょ」

大根を刻みながら声を張り上げると、店からは「俺は母さんがいないと生きられないから、いいんだよ」という返事があった。

まったくもう、と肩を竦《すく》めながら、一通り家事ができて料理上手な啓一は、自分がいなくても立派に生きていけるんだろうなと思う。

かく言う梨香自身、普段は忙しすぎて料理をする暇がなく、正直に言うとあまり得意ではないのだが。

なんとか冷蔵庫の中のあり合わせの野菜と、店で売っている肉と魚の干物を買って夕飯を作る。

こういう時、家が商店で非常に便利だ。

「ねぇ、お父さん。座敷わらしって知ってる？」

鶏手羽と大根の煮物をつつきながら、梨香は父に話しかける。

「ああ、東北の方の民話に出てくる妖怪だろ?」

それがどうかしたのかと問われ、今仕事でちょっとね、と誤魔化す。

自分でも、なぜ父にそんな話を振ってしまったのか謎だった。

「そういえば、三宅《みやけ》さんのお孫さんがそういうのが好きで、わざわざ座敷わらしが出るっていう宿に泊まりに行ってきたって言ってたな」

三宅さんというのは、ご近所の常連客のご老人だ。

「そ、それで? 座敷わらしには会えたの?」

と、梨香は思わず身を乗り出してしまう。

「いいや、朝まで起きてたが、なにも見えなかったらしいぞ。そうそう会えるものじゃないんだろう」

「……そうよね」

やはり、あの少女は過労が見せた幻覚だったのだろうか。

すると、そこで父がなにげなく言う。

「座敷わらしってのは、飢饉《ききん》や病気で子どもの頃に亡くなっているから、遊び足りないんだそうだ。だからもし会った時は、たくさん遊んでやると満足するって聞いたことがある」

「へぇ……そうなんだ」

あのカフェで、男の子とおやつを食べていた少女は無表情だったが、どこか楽しげに見えた。

あの古民家は、座敷わらしにとって居心地がいい場所なのだろうか。

――やっぱり、もう一度行ってみよう。

店主には取材拒否されてしまったが、一度断られたくらいで引き下がっていてはテレビマンは務まらない。

梨香が内心そう決意した時。

「啓一くんとはどうだ。うまくやってるのか?」

父が母とまったく同じことを聞いてきたので、いくつになっても心配してくれる親という存在はありがたいものだと痛感した。

その晩、梨香は久しぶりに実家の自分の部屋に布団を敷き、横になったがなかなか眠れなかった。

梨香が上京しても、両親はいつまでも彼女の部屋をそのままにしている。

なのでここは、梨香がたまに里帰りした時に泊まるだけの部屋になっていた。

父がさっそく客に喋《しゃべ》ったせいか、近所の同級生から『せっかくだから皆で会おう』と誘いの電話があったが、今回はとんぼ返りなのでと断る。

本当は、テレビ局のディレクターだなどと聞くと、皆芸能人のサインなどをねだってくるので、それが煩《わずら》わしいからだ。

――私って、いやな女かも……。

電話を切ると、ドライな自分に少しだけ自己嫌悪に陥《おちい》る。

だが、今はそれどころではないのだ。

梨香は、ずっとバッグに入れて持ち歩いている封筒を取り出す。

自分の署名だけ済ませた、離婚届。

次こそ、啓一に会った時に渡そう。

そう心に誓って目を閉じた。


翌朝、父のために日持ちする常備菜をいくつか作って一部冷凍し、あれこれ家事を済ませてから病院へ向かう。

そのまま東京に戻るからと告げると、父は少し寂しそうに「そうか」と言い、梨香が乗ったタクシーをいつまでも見送っていた。

病院に到着したが、母の洗濯物などは夏美がやってくれているのですることがなかった。なので、母ととりとめのない話をする。

――お母さん、ごめん。私、離婚するかもしれない。

本当は相談したかったけれど、体調のよくない母に心配をかけたくなくて、喉元《のどもと》まで出かかった言葉を呑み下す。

なにせ遠いので、早めに出発したのだが、電車を乗り継ぎ、東京駅に戻ってきた頃には夜の九時を回っていた。

長旅でくたくただったので、タクシーを拾おうと歩き出した時、スマートフォンが鳴った。

啓一からの電話で、今駅近くの駐車場にいるという。

『梨香ちゃん、疲れて戻ってくるだろうから、迎えに来たよ』

そんな親切が、今の梨香にはとてつもなく重いものに感じられるのだ。

だが、これがいい機会なのかもしれない。

梨香は無意識のうちにバッグをぐっと握りしめる。

啓一と落ち合い、助手席に乗り込んだが、車内に会話はほとんどなかった。

啓一が「お母さん、どうだった?」などとあれこれ聞いてきたが、梨香がすべて生返事でろくに答えなかったからだ。

少しでもいやな女と嫌われた方がいい、そう思ったから、故意に『迎えになんか来られて迷惑なのよ』オーラをだだ漏《も》れにしたが、内心では迷っていた。

どうしよう、今日迎えに来るなんて思っていなかったから、心の準備ができていない。

次にする?

ううん、もう決めたことじゃない。

今日渡すのよ、と自身を叱咤《しった》する。

やがて梨香のワンルームマンションの前に到着すると、シートベルトを外した梨香は、勢いに任せて封筒を啓一に突きつけた。

「なに、これ?」

「離婚届。私の署名捺印《なついん》は済んでるから、啓ちゃん、区役所に提出してきて」

このまますずるずるしてても、しょうがないから、と言い捨てる声が、不覚にも震えてしまったのが情けない。

だが、啓一はそれを受け取ろうとはしなかった。

そして、長い沈黙の末。

「僕は離婚したくない」と呟《つぶや》く。

「……啓ちゃんはしたくなくても、私はしたいの。このまま別居続けてても、らちがあかないでしょ？」

「僕に悪いところがあるなら、直すように努力するから、だから……」

「原因は啓ちゃんじゃないの。私の気持ちの問題なのよ」

もう、今まで数え切れないくらい繰り返してきたやりとりに、心底うんざりする。

「でも、理由をはっきり言ってくれないと、わからないよ……」

本当の理由を言えなくて、今まで誤魔化《ごまか》してきたけれど、言わなければ啓一は納得しないかもしれない。

今まで、どうしても口にできなかった秘密。

意を決し、梨香は口を開く。

「……流産したの」

「え？」

やっとの思いで口にしたのに、啓一は一瞬なにを言われているのかわからないという表情になった。

こんなに私が苦しんでいるのに、と理不尽《りふじん》にカッと頭に血が上り、梨香は叫ぶ。

「妊娠したことに気づかなくて無理して、赤ちゃん死なせちゃったのよ……！　わかったでしょ？　私、最低なのよ」

「り、梨香ちゃん……」

「もう、いやなの。なにも考えたくない。お願いだから別れて」

一方的にそう告げ、封筒をフロントガラスの前に置き、梨香は車を降りた。

走ってマンションに駆け込み、震える指先でエレベーターのボタンを押す。

部屋に入って鍵《かぎ》をかけても、まだ心臓はバクバクと波打っている。

どうしよう。

ついに、言ってしまった。

だが、理由を言わなければ啓一は別れてくれないだろうから、しかたがなかったのだ。

ただ、伝えることで、自分だけでなく啓一にもこの苦しみを分け与えてしまったのだと思うと、胸が苦しい。

――ごめんね、啓ちゃん。ごめん……。

両手で胸元を押さえ、梨香は靴《くつ》を履《は》いたまま玄関にうずくまり、しばらく動けなかった。

人生最大の秘密を自ら暴露してしまったのだから、もう失うものはなにもない。

だが、梨香は少しでも考える暇ができるのが怖くて、今まで以上に仕事に没頭した。

あの日以来、啓一からは何度か着信やメールがあったが、すべて無視している。

もう、なにも話すことはないから。

いや、違う。

本当は啓一に軽蔑《けいべつ》の目で見られることが、なにより恐ろしいからだ。

そんな自分を、梨香は弱いと恥じた。

こうなったら、なんとしてでも座敷わらしが本物なのか確かめたい。

梨香は再び湘南の地に降り立ち、あの古民家カフェへ向かった。

とはいえ、なかなか仕事のきりがつかず、到着した時にはちょうど夜の七時になっていた。

もしかしたら、座敷わらしは三時のおやつの時間にしか姿を現さないのかもしれない。

そんなことを考えつつ、無駄足を覚悟して緩《ゆる》やかな坂を登っていくと、目に飛び込んできたのは看板の『CLOSED』の文字。

やられた。

閉店時間のことなど、すっかり忘れていた。

自分らしくないミスに、梨香は落ち込む。

どうやらこの店は、夜七時で閉店らしい。

しばし脱力していると、ふいに扉が開き、看板を取り込みにきたらしい店主が外に出てきた。

美貌《びぼう》の店主は梨香に気づくと、「あぁ、こんばんは」と優雅に会釈《えしゃく》する。

どうやら一度来店しただけの梨香を憶えていたようで、少し驚く。

近くで見ると、うっかり見とれてしまうほどの美形に、多少どぎまぎしつつも、梨香は彼に詰め寄る。

「閉店時間を過ぎているのに、申し訳ありません。あの、先日のお話なんですけど、なんとか考え直していただけないでしょうか？」

必死でそう訴えると、店主は少し困った様子で思案している。

よし、もう一押しだと勢い込んだところへ、再びドアが開き、先日の少年がひょっこり顔を覗《のぞ》かせる。

「あ、こないだのおねえさんだ。いらっしゃい」

「こ、こんばんは。えっと……」

「綾人だよ」

少年は店主を指し、「こっちが春兄ちゃんで、もう一人が煌兄ちゃん」と教えてくれる。

「私は梨香って言うの。よろしくね」

すると綾人は、なにを思ったのか長兄に屈めとジェスチャーし、なにやらこしょこしょと耳打ちしている。

「まぁ、とりあえずご一緒に夕飯をいかがですか？　ちょうどいい具合に、今日は鍋《なべ》なので人数が増えても大丈夫ですよ」

「い、いえ、そんな……」

図々《ずうずう》しいこと、と遠慮《えんりょ》しようとすると、最悪なことに朝からゼリー飲料しか摂《と》る暇がなく、空《から》っぽだった胃袋がきゅう、と音を立てたので、梨香は真っ赤になった。

「ふふ、お腹の虫は正直ですね」

「……では、遠慮なく」

開き直り、そうだ、これをきっかけに店主の懐《ふところ》に入り込めるかもしれないと気持ちを切り替える。

閉店後の店内に入ると、店主の言う通り、なにやらいい匂《にお》いが漂っていた。

当然ながらもう客の姿はなく、調理台のあるカウンターでは給仕をしていた次兄が一心不乱に料理している。

　次兄は梨香に気づくと、無言のままぺこりと会釈してくる。

　やはり、彼は寡黙《かもく》な性格のようだ。

「梨香ちゃん、こっちだよ」

　綾人に手を引かれ、テーブル席へ向かう。

「今日は梨香ちゃんがいるから、大きいテーブルにしようね」

と、綾人が店内の二人用テーブルを三つ繋《つな》ぎ合わせるので、梨香も手伝った。

　そこへ無口の次兄がやってきて卓上カセットコンロを設置し、そこにぐつぐつと煮込まれた土鍋を運んできた。

　次兄が蓋《ふた》を開けると、ふわっと盛大な湯気が立ち、野菜や肉が美しく盛り付けられた鍋の中味があらわになるが、スープは真っ赤だった。

「赤い……お鍋？」

「トマト鍋です。子どもはあまり鍋が好きじゃないんですが、こうして洋風にしてソーセージなんかを入れると、野菜もたくさん食べてくれるんですよ」

　鶏肉も豚肉も合うし、野菜もあり合わせで、なんでもいいんですよと、長兄が説明してくれる。

トマト缶で手軽に作れるので、便利らしい。

解説は長兄に任せ、次兄は黙々と取り皿を運び、あと一つ、小さな小皿に鍋の具を少量入れたものを一つ、テーブルの隅に置く。

「……ひょっとしてそれ、座敷わらしの分ですか？」

半信半疑でそう尋ねると、綾人は「そうだよ。わらしちゃん、けっこうハイカラな料理も好きなんだ」と答えた。

——こうして、毎日おやつと三食、座敷わらしの分も用意してるのね。

だから、自分を入れて四人なのに六人席のテーブルにしたのか。

さすがに、それには梨香も驚きを隠せない。

これではまるで、座敷わらしが家族の一員のようではないか。

「お料理は弟さんがされてるんですか？」

「ええ、煌はパティシエの資格も持っていまして。僕より料理上手なんですよ」

と、春薫はにこにこしながら言う。

ストレートな弟自慢に、聞いているこちらが思わず微笑《ほほえ》ましくなった。

「それじゃ、いただこうか」

長兄が音頭《おんど》を取り、両手を合わせる。

すると、煌と綾人も同じ所作《しょさ》で「いただきます」と合唱したので、梨香も慌てて真似《まね》をした。

すると、いつのまにか小皿が置かれた席には、あの赤い絣《かすり》の着物を着た少女がちょこんと座っていて、同じように小さな両手を合わせていた。

――ざ、座敷わらしと一緒にごはんを食べるなんて……。

これぞ、滅多《めった》にできない体験だ。

だが、三兄弟は一向に座敷わらしに注意を払うことなく、わいわいと鍋を取り分けている。

それを見ているうちに、梨香もなんだか緊張がとけてきた。

――いただきますの挨拶《あいさつ》をしたのって、なんだか久しぶりだな。

職場でも寸暇《すんか》を惜しんで食べられるものを詰め込んでいる有様で、買い置きのカロリーバランス食品やスナック菓子だけなど、とても食事と呼べないことも多い。

一人で家に帰っても、せいぜい買ってきたコンビニ弁当がいいところで、挨拶など忘れ果てていた。

そう、啓一と暮らしていた頃は、二人でなんとか予定を合わせ、どんなに忙しくても二人で夕食を摂る日を設けていたっけ。

――あの頃は、ちゃんといただきますしてたなぁ。

今は遠い日々を、懐かしく思い出す。

「冷めないうちにどうぞ」

「いただきます」

梨香はありがたく取り分けてもらった器を受け取り、湯気を立てているスープを一口飲んでみた。

「……おいしい！」

まずくても、一応は褒めなければなどと考えていたのだが、思わずそんな言葉が口を衝《つ》いて出る。

トマトスープはコンソメベースで、よく煮込まれた野菜や肉の出汁《だし》が出ていて、思わず唸《うな》ってしまうほどおいしかった。

なにより消化によさそうで、身体《からだ》も温まる。

ソーセージは可愛《かわい》らしいタコさんの形になっていて、この大柄の青年が弟のためにちまちまとこれを作っているところを想像すると微笑ましかった。

「お世辞《せじ》抜きで、すごくおいしいです。これ、ランチメニューに出したら売れるんじゃないですか？」

「たまに出すことがあります。うちのランチはその日仕入れた食材で決まる、気まぐれメニューなので」

と、ぼそりと次兄が答える。

それから彼は、隠し味についてなど教えてくれた。

料理のこととなると、多少雄弁になるようだ。

そんな彼は、ふとおいしそうにソーセージを頬張《ほおば》っている綾人を見つめる。

「こら、綾人。ニンジン避けるんじゃない」

そう指摘され、少年はバレちゃった、というように小さく舌を出す。

「だってぇ～」

「可愛くお星様になってるニンジンだぞ？　すごくうまそうじゃないか」

言われて皿の中味を見ると、確かにニンジンがハートや星形に型抜きされている。

どうやらこれは、末っ子のニンジン嫌いを克服させるための、次兄の苦肉の策のようだ。

「可愛い形でも、ニンジンはニンジンだもん」

「そんなことはないさ。あ～お星様になったら甘くておいしいなぁ」

と、今度は長兄が助け船を出し、いかにもおいしそうにニンジンを食べてみせる。

すると、綾人もニンジンを一つすくい、恐る恐る口へ入れた。

もぐもぐと咀嚼《そしやく》し、微妙な表情を浮かべる。

「どうだ？　甘いだろう？」

「……う〜ん、よくわかんない」

普段よりおいしくなったのかどうか、真剣にジャッジする末っ子の表情に、兄達は顔を見合わせて微笑み合う。

なんだか、ふわりと心和《なご》む光景だった。

「ご兄弟で、仲がいいんですね」

「そうですか？　まぁ、一番下が少し年が離れているので、つい甘やかしてしまって。いつも反省しているんですよ」

口ではそう言いつつも、長兄は愛《いと》おしげに末っ子を見つめる。

二人の兄が弟を可愛がっているのは、誰の目から見ても明らかだった。

あらかた鍋を食べ終えると、次兄が締めにパスタとチーズを入れ、トマトチーズスープパスタを作ってくれる。

これがまた絶品のおいしさで、梨香はもうこれ以上は入らないというくらい、満腹になるまで食べてしまった。

さきほどから黙々と鍋を食べている座敷わらしは、一言も口を利《き》かない。

それでも、高めの椅子《いす》から下駄履《げたば》きの小さな足をぶらぶらさせている姿は、まるで普通の子どものようにはっきりと見えているので、これが本当に精霊や妖怪の類《たぐい》なのだろうかと、梨香は今でも信じられない思いだった。

「梨香さんは、はっきりわらしちゃんが見えるんですね」

長兄に言われ、梨香は内心戸惑いながらも頷《うなず》くしかない。

すると、彼は曖昧《あいまい》に薄く微笑んだ。

「実は、僕はまったく見えないんですよ」

「え……?」

思いもしなかった告白に、梨香は言葉を失う。

てっきり三人とも座敷わらしの姿が見えているものだと思い込んでいたのだ。

「煌はぼんやりと、輪郭《りんかく》や影が見えるくらいだそうです。うちでわらしちゃんの姿がはっきり見えて、声がきけるのは綾人だけでして」

「そうだったんですか……」

なので、座敷わらしからの言葉はすべて綾人が代わりに伝えてくるらしい。

「でも、なぜ縁もゆかりもない私に、こんなにはっきり見えるんでしょうか? 私だって、今まで霊感みたいなものはなにもなかったのに」

困惑して尋ねると、星形ニンジンを克服して自慢げな綾人が答える。

「わらしちゃんが見える人はね、ここにくることが決まってた人なんだって。くる意味があるって、わらしちゃんが言ってるよ」

「ここに来る、意味……？」

それは、いったいどういうことなのだろう？

「ということは、わらしちゃんはうちの局の取材を受けてもいいと思ってるってことですよね⁉」

すかさず強引な解釈をし、梨香は身を乗り出す。

すると長兄と次兄は苦笑し、綾人は食事を終えて「ごちそうさまでした！」と大きな声で挨拶した。

食事が終わると長兄次兄が食器を下げ、後片付けを始める。

ご馳走《ちそう》さまでしたと礼を言い、さて、どう取材の了承を取りつけようかと思案していると。

「梨香ちゃん、わらしちゃんといっしょにあそぼうよ」

そう綾人に誘われた。

「あ、遊ぶって、なにをして？」

食事を終えた座敷わらしは、相変わらず無表情な人形のごとき風情《ふぜい》で椅子の上にちょこんと座っている。

「わらしちゃんはね、あやとりとかお手玉が好きなんだ。こないだトランプのババ抜き教えてあげたら、できるようになったよ」

そう言って、綾人はどこからか一抱えある箱を持ってくる。

中にはいろいろな遊び道具や玩具《おもちゃ》が詰まっていた。

「あやとりかぁ、懐かしいな」

祖母が生きていた頃は、よく一緒に遊んだものだ。

「私、四段はしごできるのよ」

「わぁ、作って作って！」

綾人にねだられ、梨香は記憶の糸を辿《たど》りながら、あやとりの紐ではしごを作った。

もうすっかり忘れていると思っていたが、案外指先が憶えているものだ。

「できた」

誇らしげに見せると、ずっと無表情だった座敷わらしの口元が少しだけ緩《ゆる》んだような気がした。

——あ、この子、笑うと可愛いかも。

少女の笑顔が見たいと思った梨香は、次々と難しい技を披露していく。

もう三十年近く昔の遊びなのに、やり出すと瞬く間に梨香も当時の少女時代に戻っていた。

ふと気づくと、日頃の抱えていたストレスは霧散し、あれだけ食べたというのに、ほぼ日常的になっているストレス性の胃痛も治まっている。

これも座敷わらしの不思議な力のおかげなのだろうか。

いつしか、時間を忘れて遊び尽くすと、突然座敷わらしがすっくと立ち上がった。

どうしたのかと驚いて見上げると、彼女はにこっと、今まで見せたことのない愛らしい笑顔を見せる。

それを見た瞬間、普段は努めて意識の奥底に沈めていた我が子のことが思い出される。

あの子も、無事生まれていたらこうしてすくすくと成長し、愛らしい笑顔を見せてくれたのだろうか。

すべては、罪深い自分のせいだ。

永遠に抜け出せない堂々巡りの中で、罪悪感の棘《とげ》は梨香の胸を貫いたままだ。

溢《あふ》れそうな涙で視界がぼやけ、梨香は必死でそれを堪《こら》えた。

もう、涙も枯れるほど一人で泣き尽くした。

けれど、それであの子が戻ってくるわけではない。

泣いたって、どうなるものでもないのだ。

唇を嚙《か》み、衝動が収まるのを待っていると、そんな梨香をじっと見つめていた綾人が口を開く。

「大丈夫だよ、梨香ちゃん。赤ちゃん、またくるって」

「……え？」

その言葉に、梨香は我が耳を疑った。

親や夫にすら話せなかったのに、自分が流産したことなど、この少年が知っているはずがないのに。

「あのね、前はママのからだに負担かけちゃうから、あきらめたんだって。その時はうまくいかなかったけど、今度は大丈夫だって、わらしちゃんが言ってるよ」

梨香は思わず説明を求めるようにカウンターで洗い物をしている長兄と次兄へ視線を投げたが、彼らは聞こえているのかいないのか無反応だ。

もしかしたら、聞こえないふりをしているのかもしれなかったが。

「そ、それ……本当にわらしちゃんが言ってるの？　もしかして、こないだのお母さんがおなかが痛いっていうのも？」

「うん」

綾人が頷くと、座敷わらしはタタッと走り出し、座敷席の奥にある祭壇《さいだん》へと瞬く間に消えてしまった。

そこから、どう挨拶《あいさつ》してあのカフェを辞したのかすら、記憶が定かではなかった。

ふと気づくと、梨香は東京に戻る電車の中にいた。

――そんなこと、あるわけない。ただの偶然よ。

そう否定しながらも、ではなぜ自分しか知らない秘密を、あの少年が知っていたのかという疑問が残る。

母の胆石《たんせき》のことも言い当てられているので、いくら考えてもわからなかった。

そうして梨香は、結局取材の了承を得られなかったことを思い出し、ため息をついた。


座敷わらしの企画も出せないまま、数日が過ぎ。

その晩もようやく一段落つき、くたくたになって部屋に戻ったのは深夜近くだった。

このままだとメイクも落とさず寝てしまいそうだと考えながら、マンションのエントランス前でタクシーを降り、梨香はふと足を止める。

マンションの入り口脇に、見覚えのある人物が立っていたからだ。

彼、啓一は梨香に気づくと、ためらいがちに歩み寄ってきた。

「急に来てごめん。電話もメールも通じないから……」

「なんの用？　離婚届は区役所に出してって言ったでしょ」

冷たく言い放ちながらも、梨香は啓一の目が正視できない。

怖い。

彼に嫌われ、非難され、罵《ののし》られることがこんなにも怖いなんて。

一刻も早く部屋に逃げ込みたかったが、このままだと啓一がついてきそうで動けない。

ちゃんと話をしてしまったら、また決心が揺らいでしまいそうで、梨香はそれを恐れていた。

「梨香ちゃん、僕は……」

「いい加減にして。こんな夜中に近所迷惑でしょ」

無理やり振り切ろうとしてエントランスに入ると、手首を摑《つか》んで引き留められる。

久々に触れてきた啓一の手はとても冷たくて、彼がこの寒空の下、何時間も自分の帰りを待っていたことを悟った。

「また夕飯食べてないんだろう？　最後に梨香ちゃんの好きな卵雑炊《たまごぞうすい》作るから、一緒に食べよう。そうしたら帰る。約束するから」

と、啓一は提げていたコンビニのビニール袋を掲げてみせる。

一緒に暮らしていた頃、遅く帰る梨香のために、胃に優しく消化のいいものを啓一がよく作ってくれたっけ。

「……」

決して卵雑炊が食べたかったわけではないのだが、長い沈黙の末、結局梨香は彼を招き入れてしまった。

啓一が用意してきたのは、レンジでチンするだけのパックご飯二つと卵、それにしめじとネギ、つゆの素だ。

梨香の部屋にろくな食料がないのを見越していたのだろう。

事実、外食か食べる時間のない梨香の部屋には、買い置きの米すらなかった。

「キッチン借りるよ」

啓一の卵雑炊は鍋《なべ》一つあれば簡単にできてしまうので、完成はあっという間だった。

一分でも時間が惜しいのだから、さっさと楽な部屋着に着替え、メイクも落としてしまえばいいのだが、そうすると心の鎧《よろい》まで外してしまいそうだったので、梨香は敢《あ》えて帰宅した時のままじっとソファーで待っていた。

やがて部屋中にいい香りが漂ってくると、忘れていた食欲を刺激され、くぅ、とお腹が鳴る。

やだ、啓一に聞こえなかったかしらと慌てながら、先日あの古民家カフェで同じことがあったのを思い出した。

そして、あの少年の言葉が再び脳裏《のうり》をよぎる。

座敷わらしからの、予言。

もしかしたら、あの子は本当にもう一度自分のところに来てくれるのだろうか？

そう考えかけ、梨香は慌ててそれを振り払う。

そんなの、都合のいい自分の願望でしかない。

自分の犯した罪がそれで消えるわけではないのだと、繰り返し自らを追い込む。

そしてなにより、啓一が子どものことに一言も触れないのが怖かった。

「お待たせ、できたよ」

啓一が鍋と取り皿を手に、キッチンからやってくる。

蓋《ふた》を開けるとふわりと湯気が立ち、瞬く間に仕上げたとは思えないほど、その卵雑炊はおいしそうだった。

「……いただきます」

啓一が取り分けてくれた皿を手に、スプーンで一匙《ひとさじ》口へ運ぶ。

ネギとしめじはよく煮込まれていたが、卵は最後に入れたおかげでふわふわの半熟だ。

つゆの素と塩だけで味付けしたとは思えないほど、おいしい。

実に久しぶりの啓一の手料理に、懐かしさに胸が震えた。

だが、梨香は本心とは裏腹に「啓ちゃんはお料理上手《うま》いから、離婚しても困らないわよね」とわざと露悪的なことを言った。

とことん嫌われた方が、別れに未練が残らなくていい。

だが、それに対して啓一はなにも返さず、ただ、黙々と卵雑炊を食べている。

そして、ぼそりと。

「困るよ。梨香ちゃんがいないと……困る」と呟《つぶや》いた。

「……どうして？　私なんか仕事仕事でろくに家事もしないし、いてもなんの役にも立たないじゃない」

むきになってそう言い返すと、啓一も「家事してくれるから結婚したわけじゃない」と言い返してくる。

じゃあ、なんのため？

そう問い返したいのを、梨香はぐっと堪えた。

そんなこと、今さら聞いたところで零《こぼ》したミルクはグラスにはもう戻らないのだから。

「野菜ジュースも飲みなよ」

「……」

買ってきた野菜ジュースを差し出され、無言で受け取る。

梨香の身体《からだ》を案じ、彼がことあるごとに野菜ジュースを飲ませようとするのも、いつものことだ。

梨香が家に寄りつかないので、二人でこうして食事をするのは久しぶりのことだった。が、たった一度、こうして向き合って食事をしただけで、別居する前に気持ちが戻ってしまう。

あの頃は、よかった。

互いに忙しかったけれど、なんとか予定を合わせる努力をして、二人で適当な料理をしながらワインを楽しみ、夕食を摂《と》るのがなにより楽しかった。

胸が詰まってそれ以上は入らなくなり、梨香はスプーンを置く。

すると、啓一も同じようにして俯《うつむ》いた。

途中で食事をやめた二人の間に、重い沈黙が流れる。

「……ごめん」

先にそれを破ったのは、啓一だった。

悪いのはすべて自分なのに、彼がなにを謝る必要があるのだろう、と面食らって見つめていると、啓一は眉《まゆ》を八の字にしてぎゅっと唇を噛《か》んでいた。

「梨香ちゃんが一人で苦しんでたのに、なにも気がつかなくて。なんか様子がおかしいなとは思ったんだけど、流産したなんて思いもしなかったんだ」

「啓ちゃん……」

「そんな僕に、梨香ちゃんが愛想を尽かしたのもしかたないと思う。僕だって、自分の鈍感さがいやになったよ。ほんとにごめん。一人で苦しかったよね、つらかったよね」

震え声でそこまで言うと、啓一は項垂《うなだ》れる。

その膝に一滴、二滴と水滴が落ちた。

彼が泣いているところを、梨香は結婚して初めて見た。

恥《はじ》も外聞も無く、男泣きに泣いているその姿を見つめているうちに、気づくと梨香の頬《ほお》を滝のような涙が溢れ、伝っていた。

「な、なんでそんなこと言うの？　悪いのは私なのに……おまえが悪いんだって、怒ってよ……！」

思わず、そう叫ぶ。

「啓ちゃんは悪くない……！　私が仕事ばっかりして無理してたから、不注意だったから、せっかく来てくれた赤ちゃん、産んであげられなかった……っ」

「梨香ちゃん……」

「ごめんなさい……ごめんなさい……っ」

そう訴えているうちに、感情のブレーキが効かなくなる。

いつしか梨香も、子どものように声を上げてわんわん泣いていた。

声も嗄《か》れるまで、泣きじゃくった。

勝ち気な梨香が、こんなに泣くのは久しぶりのことだった。

それからどうしたのか、よく憶えていない。

ふと気がつくと、開けっ放しだったカーテンから差し込む陽光で、目が覚める。

半分寝ぼけたまま手探りすると、なにやら温かく固いものに触れた。

はっと上体を起こすと、ソファーの上で啓一が心地よさそうに眠っていた。

昨晩、酔ってもいないのにくだを巻き、二人で大泣きに泣いて、どうやらそのまま眠ってしまったらしい。

――やだ、メイクも落としてないのに。

さんざん泣いたので、目も腫《は》れ、化粧《けしよう》もぐちゃぐちゃでさぞひどい有様だろう。

啓一が起きる前にシャワーを浴びなければと思ったその時、折悪《おりあ》しく彼が目を覚ましてしまう。

「おはよう」

「……おはよ」

応じつつ、梨香は両手で顔を隠す。

「見ないで。今、すごい顔してるから」

「いいよ、そんなの」

と、啓一はふざけてその手を押しのける。

そして、「梨香ちゃんのパンダ目、久しぶりに見た」と嬉しそうに言った。

一緒に暮らしていた頃、接待で飲まされ、遅く帰宅するとメイクのまま寝てしまうことがあり、朝になるとマスカラが剝《は》げてまるでパンダのような顔になっていたのだ。

別居してからは外でしか会ったことがないので、ばっちりメイクを決めた顔しか見せていなかったことを思い出す。

「いつも綺麗《きれい》だけど、パンダの梨香ちゃんも好きだよ」

なにげない言葉に、なぜか胸が締めつけられた。

ああ、自分はなんて愚かだったんだろう。

一人でなにもかも抱え込まず、最初からちゃんと彼に打ち明けていればよかったのに。

嫌われる覚悟がなかったばかりに、さんざん遠回りし、さらに啓一を傷つけてしまった。

それは結局、啓一にまだ気持ちが残っているなによりの証《あかし》なのだろう。

「……啓ちゃん、バカよ。私みたいな可愛《かわい》げのない女の、どこがいいの？」

「う～ん、うまく言えないけど、好きだからしょうがないよ。誰がなんと言おうと、僕にとって梨香ちゃんは可愛い人なんだから」

と、啓一は照れ臭《くさ》そうに答える。

それを聞いて、なんだかまた涙腺《るいせん》が緩《ゆる》んでしまいそうで。

寝乱れた髪を直し、梨香は立ち上がって啓一に背を向ける。

「……梨香ちゃん？」

「……すぐには無理かもしれないけど、一度リリの顔を見に……帰ってもいい？」

啓一の顔を正視するのが怖くて、後ろを向いたまま、やっとの思いでそれだけ口にした。

すると、一拍の沈黙の後。

「うん、待ってる」という啓一の涙声が聞こえてきた。

◇　◇　◇

柱時計が、ボーンボーンと三度鳴り、三時を告げる。

「いただきまぁす！」

今日のおやつは、煌がおからで作った焼きドーナッツと、きなこ蜂蜜《はちみつ》豆乳だ。揚《あ》げていないのでカロリーも低く、ダイエット中の女性達から好評を博している人気メニューである。

きなこ蜂蜜豆乳は、温めた豆乳に適量の蜂蜜を垂らし、きなこを少々混ぜた温かいドリンクだ。

綾人がドーナッツを頬張《ほおば》った時、玄関扉が開き、一組のカップルが『たまゆら』の店内に入ってきた。

三十代半ばの男性は長身で大柄、同世代の女性はゆったりとしたチュニックにローヒールを履《は》いている。

「梨香ちゃん、足元気をつけて」

「うん、大丈夫よ」

仲良く手を繋《つな》いだ彼らは席にはつかず、そのまままっすぐカウンターにいる長兄のもとへ向かう。

「あの、お久しぶりです。半年ほど前に、テレビの取材をお願いした、間山です」

梨香がそう挨拶《あいさつ》すると、美貌《びぼう》の店主はああ、という表情になる。

「いらっしゃいませ。また来てくださったんですね」

「こちらこそ、すっかりご無沙汰《ぶさた》してしまって。その……いろいろあったものですから」

と、梨香は恥ずかしそうに啓一を振り返る。

「テレビでの取材は、あきらめました。このお店は今のままそっとしておくのが、一番いいと思ったので」

「そうですか」

「その節は、いろいろありがとうございました」

丁寧《ていねい》に一礼し、梨香は啓一を連れて二人掛けのテーブル席へ着く。

そして梨香は、座敷奥にあるあの予約席へと視線を向けた。

そこでは綾人が一人、おいしそうにドーナッツを頬張っている。

その向かいには、もう一人分のおやつ。

恐らく、いつものように座敷わらしがいるのだろうが、もう梨香の目にあの赤い絣《かすり》の着物姿の少女は見えなかった。

――悩みがあって、困ってる時にだけ、わらしちゃんは見えるのかもしれない。

なぜだかふと、そう思った。

このカフェで座敷わらしを目撃してから、約半年。

いろいろなことがあった。

あれから何度か話し合い、梨香は結局啓一のもとへ戻った。

相変わらず仕事は多忙だけれど、あの働かないコネ入社の新人が突然寿《ことぶき》退社しますと辞めてしまい、後任には彼女の三倍は働いてくれるいい部下がやってきた。

七海も一人前に成長し、二人がフォローしてくれるおかげで梨香の負担は大分軽くなり、啓一と一緒に夕食を摂《と》れる日も増えた。

そして……。

「赤ちゃんできたこと、報告しなくていいの？」

このカフェで起きた不思議なできごとを聞かされた啓一が、そっと耳打ちしてくる。

「いいのよ。なんか、恥ずかしいじゃない」

そう微笑《ほほえ》み、梨香はまだあまり膨《ふく》らみを見せていない腹部をそっと撫《な》でた。

座敷わらしの言葉が真実かどうかは、誰にもわからないし、きっと永遠に答えは出ないだろう。

だが、この先、この子が産まれ、すくすくと成長したら、姪《めい》っ子の陽奈のように「自分はお空の上からお母さんを選んできたんだよ」と言ってくれるかもしれない。

その日を心待ちにしながら、これからの子育てと仕事に追われる日々を頑張って乗り越えていこう。

そう梨香は思うのだった。


「ごちそうさまでした！」

元気よく挨拶し、おやつを食べ終えた綾人は、テーブル席にいる梨香達に気づく。

二人を見ると、綾人は向かいできなこ蜂蜜豆乳を飲んでいる座敷わらしに向かってにっこりする。

「梨香ちゃんの赤ちゃん、今度はちゃんとママのところにこられてよかったね」

すると座敷わらしは無言のまま、薄く微笑んだのだった。

# 座敷わらしの事情

いつの頃だっただろう？

わらしは、東北の貧しい山間部に生まれた。

あまりに昔の話なので、親につけてもらった名前はもう忘れてしまった。

人は『座敷わらし』と呼ぶので、まぁそれでいいかと割り切り、今日に至る。


わらしの家は貧しい小作人で、父方の祖父母と両親、それに三人の兄達と末っ子のわらしの大家族だった。

土が痩《や》せていてあまり作物が穫《と》れず、その上年貢《ねんぐ》も重くて一家の暮らしは楽ではなかった。

三人の兄に連れられ、幼いわらしはよく山に入り、少しでも足しになるように魚を釣ったり、木の実を拾ったりした。

中でも甘い山桃の実はわらしの大好物で、それを知っている兄達はいつも余分に分けてくれたものだ。

両親は畑仕事に忙しく、あまりかまってもらえなかったが、兄達は少し年の離れたわらしを可愛《かわい》がってくれたので、いつもおなかが空いてひもじかったけれど、わらしはそれなりにしあわせだった。

狭い家の中、兄達と寄り添って囲炉裏《いろり》の火に当たり、暖を取る生活は楽しかった。

そんなある日、わらしが四歳になったある冬のことだ。

村をひどい流行《はや》り病《やまい》が襲った。

病は猛威を振るい、村人達は次々と死んでいき、寺での葬式が追いつかないほどだった。

病はわらしの家にも災《わざわ》いをもたらし、一番末の兄とわらしが病に倒れた。

連日ひどい高熱を出し、全身に発疹《ほっしん》が浮かび上がる。

二人は日に日に衰弱していくが、いつも以上に雪害で作物がやられ、家にはほとんど食べるものがなかった。

「重湯《おもゆ》は末吉《すえきち》に飲ませろ」

家族もろくに食べられず、貴重な重湯が少しだけしかできなかった時、ついに、父がそう言った。

「あんたぁ……○○にはやるなって言うのかい⁉」

母親が泣いて縋《すが》るが、父は「畑仕事には男手が必要だ」とそれを撥《は》ねつけた。

二人のうち、どちらか一人しか助けられないのなら、それは兄の方だと父が選択をしたということだった。

母は泣いたが、黙ってそのやりとりを聞いていた祖母が、ぼそりと呟《つぶや》く。

「どうせ助かっても、いずれ女衒《ぜげん》に売られることになる。そんなら、今死んじまった方がこの子にとってもマシかもしれんのぅ……」

わらしは『女衒』というのが、時折村にやってきては若い娘を連れていく人のことだと知っていた。

隣の家のおさよという娘も、わらしとよく遊んでくれたが、先日『女衒』に連れて行かれてしまった。

家を出る時、おさよも家族も泣いていた。

村人達は「あの子達は綺麗《きれい》なべべ着て、おいしいおまんま食って、いい暮らしができるんだよ」と言うが、ならなぜおさよ姉さんは泣いていたのだろうと、わらしまで悲しくなった。

多分、もう一生おさよ姉さんには会えないんだと思った。

だからわらしは、いくらおなかが空いていても家族のそばがいいなぁと思ったものだ。

父に見捨てられたのは悲しかったけれど、どちらか一人しか助からないなら、兄に生きてほしいとわらしも思った。

「にいちゃんにあげて。おら、おなかへってないから」

熱に浮かされ、か細い声で母にやっとの思いでそう告げると、母はまた泣いた。

こうして食べ物を与えられず、さらに衰弱していったわらしは、数日後に息を引き取った。

いつのまにか、あんなに熱くて苦しかったのが嘘のようにすっきりしていて、身体《からだ》が軽くなっている。

ふと気づくと、わらしの身体は宙に浮いていて、家の梁《はり》の近くまで高く飛んでいた。

下を見ると、なぜか煎餅布団《せんべいぶとん》に寝かされた自分の姿があって、母が取り縋って泣いていた。

ああ、自分は死んでしまったのだ。

隣を見ると、末の兄は少し回復したのか、起き上がれるようになっていた。

わらしより体力があったので、病を撥ねのけることができたのだろう。

――にいちゃん、元気になってよかった……。

それだけが気がかりだったので、わらしはほっとした。

母は泣きながら、小さな亡骸《なきがら》に赤い絣の着物を着せてくれた。

村の祭りに合わせ、母が縫《ぬ》ってくれたわらしの一張羅《いっちょうら》だ。

大好きな着物を着せてもらえて、わらしは嬉しくて空中でくるりと宙返りした。

自分は死んでしまったけれど、大好きな一番下の兄が助かってよかったと、心から思った。

でも、これからどうなるんだろう？

どうすればいいんだろう？

祖母は、人は死ぬと「あの世」というところへ行くもんだと言っていたが、あの世からのお迎えとやらは一向にやってこない。

なによりわらし自身が大好きな家族から離れ難くて、そのまま家に留まり、皆のそばにいることにした。

亡くなってしばらくの間は、一番下の兄だけがわらしに気づき、「○○がいる」と訴えたが、ほかの者には見えなかった。

父は気のせいだと言ったが、母はあの子は家から離れたくないのかもしれないねと言い、仏壇《ぶつだん》にわらしが好きだったお手玉やおはじきを供えてくれた。

一番下の兄は、生きている時と同じようにときどきわらしと遊んでくれたので、わらしは嬉しかった。

やがて成長すると、彼にもわらしは見えなくなってしまったけれど、わらしは家族のそばにいるだけでしあわせだった。

わらしが亡くなった後も、相変わらず一家の暮らしは楽ではなかったが、三人の兄達が成長し、山で猟《りょう》をしたり、畑仕事に精を出してくれたので、なんとかやっていけていた。

やがて兄達はそれぞれ嫁をもらって長男が家を継ぎ、次々と子が生まれ、家族はますます増えて賑《にぎ》やかになった。

すると兄の子達はわらしの存在に気づき、一緒にかくれんぼなどしてくれた。

「赤いべべの女の子がいるよ。いっしょに遊んだよ」

子ども達がそう話すと、兄達はわらしはまだこの家にいて、皆を守ってくれているんだなと言った。

自分にそんな力があるかどうかはわからなかったが、もしそれが本当だったらどんなに嬉しいことだろう。

わらしはそれからも家に留まり、大好きな家族のそばにいて見守り続けた。

やがて祖父母が亡くなり、両親が亡くなり、兄達も年老いて兄の子達に嫁が来て、そのまた子が生まれ……。

月日は流れ、もう家でわらしのことを知る者はいなくなった。

その頃には、田畑も広がり、小作人を雇えるほどになっていたが、ある年近くの湖が決壊して、小さな村は水没してしまった。

兄の子孫達は命からがらその土地を捨て、散り散りになってしまった。

長年の住処《すみか》を失ったわらしも悲しいけれど、どこか他の場所へ移動しなければならなくなった。

わらしは兄の子孫の中で、小さな子がいる一家についていくことにし、彼の移り住んだ屋敷でしばらくその一家を見守り続けた。

が、その子が家の中にいるわらしのことを話すと嫁が気味悪がり、祈禱師《きとうし》を呼んだ。

お祓《はら》いされるほど邪魔だったのかと悲しくなったわらしは、その家を出ることにした。

さて、これからどこへ行こう？

ちょうど家に出入りしていた行商人の大八車《だいはちぐるま》にちょこんと乗り、わらしは次に住む家を物色した。

——あ、あのおうち、うちに似てる。

わらしの目に留まったのは、わらしの生家によく似た古民家だった。

縁もゆかりもない家だけれど、住まわせてもらうお礼に、この家の人達がしあわせに暮らせたらいいなと思った。

なので、一生懸命お祈りした。

わらしがこっそり移り住んだ頃、この商家の暮らしは貧しく、毎年冬になると食べるものに困り、娘を売ろうかどうしようかと相談するほど追い詰められていた。

娘が女衒に売られるかもしれないと知ったわらしは、それはよくないことだと知っていたので、一生懸命お祈りした。

すると傾きかけていた商売がなぜか持ち直し、娘はなんとか売られずに済んでわらしはよかったなと思った。

それから商売はますます繁盛《はんじょう》し、娘は無事いい縁談を得てお嫁に行った。

だが、富を得ると家主は傲慢《ごうまん》になり、使用人達につらく当たったり、まともな賃金を支払わずこき使ったりするようになった。

それに嫌気がさしたわらしは、娘もいなくなったことだし、その家を出ることにした。

行くあてもないので、探すのはいつも生家に似た古い民家だ。

気に入った家が見つかるとそこに住み着き、いやだなと思ったら、ふらりと気まぐれに出て行く。

そんな生活を、どれくらい続けただろうか。

ふと気づくと、わらしはいつしか家に幸運をもたらす福の神『座敷わらし』と呼ばれるようになり、その家の子と遊ぼうとちらっと姿を現すだけで、大層な祭壇《さいだん》を作って拝まれるようになった。

違う、自分は福の神なんかじゃない。

ただ、住まわせてもらったおうちの人がしあわせになってくれればいいなと、一生懸命に祈っただけだ。

あまり大仰《おおぎょう》にされると居心地が悪くなり、ふいっと出て行ってしまうこともある。

こうして、流れ流れて。

いつしか東北を出たわらしは、関東に流れついていた。

気儘《きまま》に好きな家を探し、移り住む生活。

あれから百数十年、いや、もしかしたらもっともっと長い時間が過ぎたというのに、相変わらず「あの世からのお迎え」は来てくれない。

なのでわらしは、今もふらりと移動する生活を送らねばならないのだった。

◇　◇　◇

少年は、いつしか花の中に一人立っていた。
見渡す限り、一面の花畑だ。
目の前には大きな川があり、轟々《ごうごう》と音を立てて流れている。
――ぼく、どうしたんだっけ……？
記憶が曖昧《あいまい》で、今まで自分がなにをしていたのか思い出せない。
そう……確か、両親と一緒に親戚《しんせき》の結婚式に出席する予定だった。
大好きな従姉《いとこ》のお姉ちゃんの花嫁姿が見られるのが楽しみだったのに。
式はもう終わってしまったんだろうか？
「パパ、ママ、どこ……？」
呼んでも、誰も答えてくれない。
心細くなって周囲を見回すと、川の対岸にゆらりと立ち尽くす人影が浮かんだ。

大好きな、父と母の姿だ。

「パパ、ママ！」

両親のところへ行きたい、少年がそう願った瞬間、川には今までなかった小さな橋がかかった。

これで、あちら側へ行ける。

ずっと両親と一緒にいられるのだ。

喜び勇んで橋を渡ろうとすると、ふいに誰かが少年の両手を摑《つか》んで引き留めた。

驚いて振り返ると、右側を年の離れた優しい面差《おもざ》しの長男、左側には寡黙《かもく》な次男が立っていた。

「行くな、綾人《あやと》……！」

必死の形相《ぎょうそう》で、長男が叫ぶ。

「俺達を置いて、おまえまで行かないでくれ……！」

次男も、握った手に痛いほど力を込めてくる。

──ああ、そうだった。

そこでようやく、綾人は自分達の身に起きた出来事を思い出す。

耳をつんざくような、車のブレーキ音。

凄《すさ》まじい衝撃の後、起きた人々の悲鳴。

そして、暗転。

あちこちぶつけ、身体《からだ》中が痛くてたまらなかったのに、今はもうなにも感じず、心も身体も穏やかだ。

――ぼく、死んじゃったんだ……。

五歳にして、綾人は自らの運命を悟った。

この橋を渡れば、この平穏は永遠のものとなる。

大好きな両親と離れることなく、天国で暮らせるのだ。

とてもとてもあちら側に行きたくて、もう我慢できない。

堪《たま》らず橋を渡ろうとしたが、その時綾人の目に映ったのは、二人の兄達の涙だった。

綾人の家は少し複雑で、綾人だけ母親が違う。

だが、二人の兄は年の離れた綾人をとても可愛《かわい》がってくれた。

仕事で忙しい両親の代わりに、時には親代わりに幼稚園の参観日にも来てくれた。

その二人が、自分のために泣いている。

二人の涙を初めて見た綾人は、彼らを悲しませたくないと咄嗟《とっさ》に思った。

あちら側にはものすごく行きたいけれど、二人を置いてはいけない。

綾人は、ぎゅっと二人の手を握る両手に力を込める。

――ごめんね、パパ、ママ。今はそっちにいけないや。

そんな思いを込めて対岸の両親を見つめると、二人もそれでいいというように頷《うなず》いてくれた。

すると、その時綾人は両親の背後に一人の男が立っているのに気づく。

黒のロングコートを羽織った、長身の若い男だ。

男は綾人に向かってなにか言ったが、聞き取れない。

――なに？　なんて言ってるの？


次の瞬間、綾人ははっと目を覚ました。

まず、最初に視界に入ったのは真っ白な天井で、全身が痛くて堪らない。

口には酸素マスクが当てられていて、自由に動かない首をやっとの思いで動かしてみると、自分の両手を右を長男、左を次男がしっかりとベッドサイドから握ってくれていた。

「春兄《はるにい》……煌兄《こうにい》……」

たどたどしい声で、兄達の名を呼ぶと。

「綾人……！　目が覚めたのか⁉」

兄達は、涙を流して綾人の生還を喜んでくれた。

身体はまた痛くなって、苦しくてつらいけれど、綺麗《きれい》な顔をくしゃくしゃにして泣いている兄達の姿を見ると、戻ってきてよかったと綾人は思う。

だが、一度死の淵《ふち》を覗《のぞ》いてしまった自分が、以前とはなにかが違う存在になっていたことを、少年はうすうす悟っていた。

◇　◇　◇

家に出入りする人について移動し、わらしがその家を見つけたのは、今から十年近く前のことだ。

小さな駅から海が見える、のどかな町。

少し高台にあるその古民家が、わらしは一目で気に入った。

大好きだった生家と同じ、古い木の匂《にお》いがするところも懐かしかった。

福の神と祭り上げられることに少々辟易《へきえき》していたわらしは、しばらくひっそりと誰にも知られることなくゆっくり過ごしたいと思っていた。

この家には八十代の老夫婦が二人で暮らしていた。

居心地がよさそうだったので、ちょっと住んでみようかなと考える。

彼らの話から推察するに、同居していた彼らの子どもや孫達は、もっと近代的なマンションで暮らしたいと言い、生まれ育ったこの家で最期《さいご》を迎えたいという夫妻と意見が合わず、出て行ってしまったらしい。

——こんなに、すてきなおうちなのに。

この家が一目で気に入ったわらしには、その気持ちが理解できなかった。

そんなわけで、この家にはわらしの姿が見える者がおらず、誰にも気づかれないまま静かに暮らすことができ、十年近くが過ぎた。

そして夫妻が相次いで病気で亡くなり、家には誰もいなくなった。

すると「不動産業者」という人がやってきて「売家」という札をかけ、家をさまざまな人達が見に来るようになった。

「相続税」とやらを払うために、老夫婦の息子がこの家を売りに出したらしい。

せっかく静かで快適な住処を見つけたのに、また放浪しなければならないのかと少しがっかりしたが、とにかく出て行くのは次の住人を見てからにしようと考える。

家を見に来た人々は、老夫婦や中年の家族連れなど、いろいろだったが、安いがやれ家が古いだの、取り壊すのに費用がかかるだのと注文が多く、なかなか買い手は決まらなかった。

できれば、この家をこのまま残してくれる人達が買ってくれればいいな。

わらしが一生懸命お祈りすると、ある日久しぶりに三人連れの客がやってきた。

一人は二十五歳くらいの美青年、もう一人は二十歳くらいの長身で大柄な青年、そしてもう一人は五歳くらいの小さな男の子だった。

太った不動産会社の社員に連れられてきた彼らは、自分達は兄弟だと名乗った。

「失礼ですが、ご兄弟だけでお住まいに？　親御さんは？」

「両親は半年前に、交通事故で亡くなりまして」

長男が代表して、そう答える。

遺《のこ》された彼らは、遠縁の親戚《しんせき》達からまだ幼い末っ子を施設に預けるように説得されたが、それを断ったという。

いろいろ相談した結果、長男は勤めていた一流企業を退職し、両親の保険金でカフェを開くことにしたらしい。

「少しでも、この子と一緒に過ごす時間が作れればと思いまして」

「それは弟さん思いですな。今は古民家カフェが流行《はや》ってますから、この物件はお勧めですよ」

社員も、兄弟の境遇に同情したのか、熱心に家の中を案内している。

わらしも彼らのことが気になって、物陰からこっそりと様子を窺《うかが》っていたのだが。

五歳の三男と、ばっちり目が合ってしまった。

子どもの中でも、わらしの姿が見える者はそう多くはない。

なので、この子にも見えないだろうなと思っていたのだが、三男はわらしを見てにっこりして手を振ってきた。

つられて、わらしも手を振り返す。

「この家、小さい女の子がいるよ」

三男が長男と次男にそう報告するが、一同は指さされた方角を見てもなにも見えないらしく、首を傾《かし》げる。

が、次男はそれを聞いて、厳しい表情になった。

「もしかしてここ、事故物件なんですか？」

「と、とんでもない！　もしそうなら、お客様への告知義務がありますので、きちんとご説明しますよ。隠して売却したりすると、違反になりますので」

と、不動産会社の社員が慌てて否定する。

ここに移り住んで以来、老夫婦のおかげで静かに暮らせたので、座敷わらしがいることを知られずにきた。

なので、そんな噂《うわさ》も、この家では出ていないはずだった。

「すみません、弟は少し……なんというか、霊感のようなものがありまして。時々幽霊を

きた。

長男がそう説明するのを尻目に、三男は靴《くつ》を脱ぎ、わらしのいる座敷へタタッと走って
「こんにちは、ぼくは綾人。きみは？」

「……わかんない」

親からもらった名前は、もうすっかり忘れてしまったので、わらしは首を横に振る。

「いつからここにいるの？　どこからきたの？」

少年は怖いもの知らずなのか、一向に臆することなくわらしにあれこれ質問してきた。

こんな風に話しかけられたのは初めてだったので、わらしは面食らいつつも記憶を辿《たど》りながら、ぽつりぽつりとそれに答えた。

大人達から見えないように押し入れに入り込み、二人は話し込む。

その間に、大人達は家の隅々まで内見を終え、電話がかかってきた社員はいったん席を外した。

「この子、座敷わらしって呼ばれてるんだって。寒いとこからたくさんひっこして、このおうちまできたんだって」

三男が、その隙《すき》に二人の兄にそう説明する。

すると次男の眉間《みけん》に再び皺《しわ》が寄った。

「妖怪が住んでる家なんかダメだ。春兄、ここはやめよう」

どうやら次男は、幽霊やオカルトといった類《たぐい》の現象を毛嫌いしているようで、わらしは少し悲しくなる。

「え〜、ぼく、もっとわらしちゃんとお話ししたい」

綾人は綾人で、既に勝手にわらしにあだ名をつけていた。

「まぁ、そう目くじら立てずに、綾人の好きなようにさせてやろう」

長男は末っ子の意志が最優先という方針らしく、そう次男を宥《なだ》める。

綾人の望み通り、長男はもう少しここに滞在し、日当たりや騒音具合を確かめたいと社員に交渉した。

その結果、社員は別件の仕事に向かい、それが終わってから三人を迎えに来てくれることになる。

「はぁ、海が近いし、のどかでいいところだね」

日当たりのよい縁側に並んで座り、長男が次男にそう話しかけている。

「春兄、俺は反対だ。妖怪が住み着いてる家で、カフェなんかできるか」

「妖怪っていうか、座敷わらしって確か精霊じゃなかった？」

「妖怪でも精霊でもなんでもいい。けど、俺は……怖いんだ。これ以上綾人が、幽霊とか見え続けてると、あっちの世界に引きずられちまうんじゃないかって」

と、次男が両肩を落として項垂《うなだ》れる。

どうやら次男がオカルトを毛嫌いするのは、弟の身を案じてのことのようだ。

「心配性だな、煌は。大丈夫、綾人はそんなに弱い子じゃないよ。現にあの時だって、僕らの許《もと》に戻ってきてくれただろう？」

「春兄……」

穏やかな微笑を見せた兄を、次男は複雑そうに見つめた。

「春兄は、本当にこれでよかったのか？　あんな一流企業に勤めてたのに、会社も辞めちまって」

「はは、今さらなにを言ってるんだ。今は綾人を育てることだけ考えていこうって、二人で決めたじゃないか」

「それはそうだけど……」

「煌も晴れてパティシエの資格が取れたんだし、こういうのんびりしたとこで兄弟三人暮らしながら、カフェをやるのもいいんじゃないのかな」

「……妖怪も一緒に、か？」

そんな二人を尻目に、わらしと綾人は再び押し入れの中に潜り込んでいた。

「ね？　ぼくのお兄ちゃん達、やさしいでしょ？　でも、ぼくだけママがちがうんだ」

と、綾人は語り始める。

「パパとママがサイコンして、ぼくが生まれたんだって。半年前、パパとママとお出かけした時にじこにあって……ぼくをのこして、二人は死んじゃった」

そこまで話すと、綾人は当時のことを思い出したのか、しゅんとしてしまった。

「ぼくもね、お花畑があってすごくきれいなとこに行って、パパとママといっしょに行きたかったんだけど、春兄と煌兄がないてたから、行けなかった。それでもどってきたんだ」

それでは綾人は、両親と共に事故に遭《あ》い、死の淵《ふち》をさまよいながらも現世に戻ってきたということなのだろうか。

だから、幽霊や自分が見えるようになったのか。

なんと慰めていいかわからず、わらしは思わずぎゅっと綾人の手を握った。

すると、繋《つな》いだ手から綾人の記憶や感情、喜びや悲しみなどが伝わってくる。

それは綾人にも、同じように伝わっているようだった。

その証拠に、綾人もぎゅっと手を握り返してくる。

「うん、きみの言いたいことはわかるよ。ぼくたち、にてるね」

そうかもしれない。

わらしも、久しぶりに自分の言葉を聞いてくれる相手に出会い、離れがたさを感じていた。

「もうずっと、ここに住んでるの？」

その問いに、わらしはこくりと頷《うなず》く。

「ぼくたちがここに住んだら、いや？」

それには、即座に首を左右に振る。

すると、綾人は兄達にわらしのことを相談した。

「ぼく、ここでわらしちゃんといっしょにあそびたいな」

綾人が無邪気に言うと、次男の眉間に縦皺が寄る。

自分が彼によく思われていないのは伝わってきたので、わらしは少ししょんぼりした。

だが、長男の方は「そうか。僕らがここに住んでいいかどうか、わらしちゃんの許可はもらったのかい？」と聞いてきた。

「うん、いいって言ってるよ」

「そうか」

「春兄」

反対しようとする次男を押しとどめ、長男は見えないながらも、声を上げて話しかけてくる。

「わらしちゃん……って、気軽に呼んでもいいのかな。綾人が言うように、本当に僕達がここに住んでもいいですか？　きみに許してもらえるなら、僕達はここに住もうと思います」

今まで、こんな風にわらしの許可を得てくれる人など、一人もいなかった。

嬉しくて、嬉しくて。

わらしはぴょんっと飛び跳ね、兄達には見えないとわかっていても、こくこくと頷く。

「ありがと、春兄、煌兄！」

自分の気持ちを一番に汲《く》んでくれた兄達に、綾人が抱きつく。

「……まったく、しょうがないな」

「いいの？　煌兄」

「こんな優しげな顔をして、逆らうとおっかないからな、春兄は」

初めは反対していた次男も、末っ子のおねだりには勝てないのか、最終的には折れてくれたようだ。

彼ら三兄弟を見ていると、懐かしい自分の三人の兄達のことを思い出す。

とにかくそんな訳で、わらしと三兄弟は一緒に暮らすことになったのだった。

不動産業者と契約を交わした兄弟は、経費節約のために自分達であちこち修繕《しゅうぜん》し、満を持して古民家カフェをオープンした。

夜間の専門学校に通い、「パティシエ」とやらになったらしい次男は、なんだかんだ言いながらも、毎日午後三時になると綾人の分と一緒に、わらしのおやつも用意してくれる。

綾人と二人で食べるおやつは、どんなご馳走《ちそう》よりもおいしい。

昔は常に甘味に飢えていて、兄達と花の蜜を啜《すす》ったりしたものだ。

ああ、こんなに甘くて、夢のようにおいしいものを、自分の兄達にも食べさせてあげたかったなぁ、と思う。

今まで豪華な祭壇《さいだん》を組まれたり、供え物をされたことはあったが、毎日おやつをくれたのは彼らが初めてで、それがわらしのなによりの楽しみになった。

それだけではなく、兄弟は朝昼晩の食事の際も、ちゃんとわらしの分も供えてくれた。長男と次男は自分の姿が見えないのに、綾人の言葉を信じ、家族の一員として扱ってくれているのが嬉しい。

毎日、おなかを空かせているのが当たり前だった時代に生きていたわらしにとって、それは信じられないほどしあわせな毎日だった。

◇　◇　◇

「ただいまぁ！」

綾人が小学校から帰宅する時間に合わせて、二人分のおやつの支度《したく》を済ませておくのが次男・煌の毎日の日課だ。

慣れたもので、前日から仕込んでおいたスイーツを温めたり飾り付けをしたり、飲み物の用意まで済ませても数分かからない。

綾人が喜ぶ顔を想像するだけで、毎日の仕込みにも熱が入るというものだ。

「お帰り、綾人」

綾人が帰ってきた時は、店がどんなに忙しくても顔を見て出迎えてやるようにしている。

すると年の離れた弟は、嬉しそうににっこりした。

綾人が両親と共に交通事故に巻き込まれ、生死の境を彷徨《さまよ》ってから、綾人にはこの世のものではないものが見えるようになってしまった。

初めは、ごく些細《ささい》なことだった。

ようやく綾人の傷も癒《い》えて退院し、前の家に戻ってこられた頃のことだ。

一緒に道を歩いていると、突然近くの家の前で立ち止まり、「電柱のとこにおじさんが立ってるよ。おうちに帰ってきたんだね」などと言い出した。

見ても誰もいないし、第一その家の主人はこのところずっと入院しているはずなので、この辺りを歩いているはずがないのだった。

「あの家のおじさんは入院してるから、いるはずないだろう」

いったいなにを言っているんだろうと不思議だったが、どうやらそれが俗《ぞく》に言う幽霊だとわかったのは、後日その家の主人の訃報《ふほう》があり、綾人が目撃した時にはもう亡くなっていたと知ってからのことだ。

それから似たようなことが何度もあり、さすがに綾人にこの世のものではないものが見えていることを信じないわけにはいかなくなった。

長男の春薫《はるしげ》はなにより先に、「幽霊が見えることは僕達だけの秘密だ。学校のお友達やほかの人に話してはいけないよ」と綾人に言い含めた。

子どもというのは残酷《ざんこく》なもので、少しでも周囲と違うと、それだけでいじめの対象になり得る。

霊が見えるということで、綾人が疎外されたりしないようにとの配慮《はいりょ》だった。

綾人は頭のいい子なので、ちゃんとそれを理解したようで、学校ではいっさいそういう話はしていないようだ。

「うん、わかった」

それからいろいろあって。

煌達三兄弟は縁あって今の古民家を買い取り、カフェ『たまゆら』をオープンし、現在に至る。

「ねぇねぇ、わらしちゃんがお客さんに言いたいことがある時は、教えてあげてもいい？」

綾人がそんなことを言い出した時も、煌は本音を言えば反対だった。

共に暮らしていて、なんとも言えぬ不安は日に日に強くなっていくような気がする。

綾人は生死の境を彷徨《さまよ》い、ひどく危うい存在になってしまったような、そんな不安だ。

異形《いぎょう》の者達と、綾人を関わらせてはならない。

その思いは煌に強い警戒信号を発していたが、春薫の方は綾人が望むようにしてやりたいという思いが強いようだ。

その気持ちもわかるだけに、煌には強く反対できないのだ。

「ああ、いいよ。ただしほかの人にはわからないように、こっそりな」

「ありがと、春兄！」

――まったく、春兄は綾人に甘いんだからな。

兄が駄目とは言わないことは、今までの経験上よくわかっていた煌はため息をつく。

結局ひそかな噂《うわさ》が噂を呼び、座敷わらしの存在は知る人ぞ知ることになってしまった。

まぁ、おかげで店が繁盛《はんじょう》しているのはありがたいことだったが。

「あの時綾人を引き戻せたのは、なにか目には見えない力のおかげなのかもしれない」

そう春薫は、常日頃から言っていた。

自分にはまったく座敷わらしの姿は見えないけれど、綾人がいるというなら、いるのだと信じる。

そして、ここで困っている人達の手助けをしていけば、きっと綾人を助けられたその恩返しになるだろう。

そして、綾人をこちらの世界に引き留めておけるだろう。

春薫は、そう考えているらしい。

――これで、本当によかったんだろうか。

あちらの世界へ行きかけた綾人を、三途《さんず》の川で強引に引き戻したような手応えがあったあの時のことを、煌は今でもまざまざと覚えている。

座敷わらしと友達になるだけでなく、今では生き霊になった男性を店に誘ったりと、煌から見ていると危なっかしくてハラハラするような毎日だ。

こんなことを続けていたら、いつか綾人はあちらの世界にまた引き戻されてしまうのではないだろうか。

煌は常にそれを危惧《きぐ》していた。

「ねぇ、煌兄。今日のおやつはってば～」

そう催促《さいそく》され、煌ははっと長い物思いから我に返る。

「あ、ああ……ごめんな」

と、視界の下の方にいるはずの綾人に微笑《ほほえ》みかけたつもりだったのだが、そこに綾人の姿はなかった。

「……綾人？」

そんな、バカな。

さっき確かに声が聞こえたはずだし、手の届くところにいたはずだ。

焦った煌は周囲を見回すが、やはり店内に綾人の姿はなかった。

「春兄……！　綾人が……！」

「ん？　どうした？」

カウンターでコーヒーを淹《い》れていた春薫は、なにを騒いでいるのかという、訝《いぶか》しげな顔でこちらを見ている。

「綾人がいなくなった！」

「え……なに言ってる？　目の前にいるじゃないか」

兄に不思議そうに言われ、もう一度視線を足下に落とすと、そこにはさきほど確かにいなかったはずの綾人が自分を見上げていた。

「綾人……！」

安堵《あんど》のあまり、思わずしゃがんで小さな弟の身体《からだ》を抱きしめる。

「どうしたのぉ？　煌兄」

きょとんとした綾人に、煌はぎこちなく微笑んでみせた。

「……なんでもない。すぐおやつ持っていくから待ってろ」

まだ大丈夫。

綾人は自分達の許にいてくれている。
繋《つな》いだこの手は、絶対に離さない。
心の中でそう誓い、煌は綾人の手をぎゅっと握りしめたのだった。

# ◇　エピローグ　◇

三兄弟と出会って、早三年。

わらしはまだ、この屋敷にとどまっていて、カフェ『たまゆら』には、今日もたくさんのお客がやってくる。


「結菜《ゆいな》ちゃん、待って待って〜！」

元気よく店内へ駆け込んできた結菜を、帆南《ほなみ》が慌てて追ってくる。

「今日は皆で、煌くんのケーキを食べに来たわよ〜。さぁ、わらしちゃんと同じメニュー出してちょうだい」

二人を連れてきた実彩子《みさこ》は、いつものカウンター席ではなく、テーブル席に着き、カウンターにいた次男にそう催促《さいそく》する。

その隣のテーブルに座っていたのは、四十代の男性と高校生くらいの娘の二人連れだ。

「パパ、よっぽどこのカフェが気に入ったのね」

「無理して付き合わなくてもいいんだぞ？ 絵美《えみ》」

「このお店、スイーツがおいしいから、私も好きだからいいの！ 黙って一人で来たりしたら、怒るからね？」

言いながら、娘の絵美はいかにもおいしそうに店の人気メニューの苺《いちご》シュークリームにかぶりつく。

「そ、そうか、わかった」

こうして、時折このカフェでお茶に付き合ってくれるようになった娘に、田沼《たぬま》は嬉しそうだ。

座敷席では、三十代半ばの夫婦が、産まれたばかりの赤ん坊をあやしながらお茶を飲んでいる。

「梨香《りか》ちゃん、僕にも抱かせて」

「いいけど、啓《けい》ちゃん不器用だから気をつけて。そっとね」

まだ首が据わっていない赤ん坊は、父親の膝の上にそぉっと抱かれると、にこっと笑う。

「わぁ、笑った！　僕のことパパだってわかるのかな？」

「ふふ、そうかもね」

赤ん坊の顔を覗《のぞ》き込みながら、梨香と啓一は顔を見合わせて微笑み合っている。

そんな客達の姿を物陰からこっそり眺めながら、わらしは皆が笑顔になってよかったなと思う。

もうすぐ三時になるので、そろそろ綾人がランドセルを揺らしながら走って帰ってくることだろう。

その時間が待ち遠しい。

またあらたな客がやってきて、中にはわらしの姿を目撃できる者が現れるかもしれない。

本当に困っている者だけが、わらしの姿を見ることができるのだ。

その人達がしあわせになれますようにと、わらしは今日も祈っている。

先のことはまだわからないけれど、今は彼ら三兄弟とここで共に暮らそうと思う。

いや、一緒にいたいと思う。

大好きな、新しい家族のそばに。

※この作品はフィクションです。実在の人物・団体・事件などにはいっさい関係ありません。

集英社オレンジ文庫をお買い上げいただき、ありがとうございます。
ご意見・ご感想をお待ちしております。

● あて先
〒101-8050　東京都千代田区一ツ橋2-5-10
集英社オレンジ文庫編集部 気付
瀬王みかる先生

# おやつカフェでひとやすみ

## しあわせの座敷わらし

集英社
オレンジ文庫

2017年3月22日　第1刷発行

著　者　瀬王みかる
発行者　北畠輝幸
発行所　株式会社集英社
〒101-8050東京都千代田区一ツ橋2-5-10
電話【編集部】03-3230-6352
【読者係】03-3230-6080
【販売部】03-3230-6393（書店専用）
印刷所　株式会社美松堂／中央精版印刷株式会社

※定価はカバーに表示してあります


ISBN 978-4-08-680125-6 C0193

集英社オレンジ文庫

# 相川 真

## 君と星の話をしよう
### 降織天文館とオリオン座の少年

顔の傷が原因で周囲に馴染めず、高校を
中退した直哉。天文館を営む青年・蒼史は、
その傷を星座に例えて誉めてくれた。
天文館に通ううちに将来の夢を見つけた
直哉だが、蒼史の過去の傷を知って…。